怪物之乡

邱常婷 —— 著

九州出版社

推荐序

故事，无可救药的瘟疫

许子汉｜台湾东华大学华文系副教授

常婷总让我想起《山鬼》，眼神慧黠而略带羞怯，时时闪动着热情与灵光。仿佛一个全然无知的孩子，或一只从林中无意间走失的幼兽，好奇地窥探这个过度"人化"的世界，再用天地洪荒、源自远古的想象，重新组构了她自己的世界，用语文反刍，便成为一篇篇故事。

人都爱故事，也爱说故事，但说故事是种特有的能力，只有很少的人可以说好故事。我任教的华文系，硕士班有创作组，组里有许多想要学习说故事，或觉得自己对说故事有能力、有兴趣的同学，而常婷可能是这几年来，我见到最会说故事的学生。还记得金庸《射雕英雄传》里周伯通对郭靖说故事，郭靖太木愣了，不知道要给说故事的人最需要的回馈——不断问：

"然后呢？"周伯通还要不断提醒郭靖这位日后的大侠。我们都不木愣，所以如果看了一个故事，不想问"然后呢"，说故事的人就要反躬自省了。

第一次看到常婷的小说，我的心里就想："终于，会说故事的来了！"我们不必强打精神、呵欠连连，却又无比世故地问："然后呢？"

但除了问"然后呢"，常婷的小说在故事最基本的吸引力之外，又有更大的一种诱惑存在着。每次读常婷的小说，我都会好奇，那故事里的世界是怎样的一个世界，有多少故事还在那个世界里游走着，等待常婷哪天兴致一来，灵手一捉，放入一个笼子、一个框框，展示给我们看。这有点像……对，逛动物园！

这可能是个有点吓人的比喻，但应该颇为传神。如果第一次逛动物园，我们其实永远不知道下一个笼子会有什么动物，但不管出现什么动物，我们总是惊艳赞叹，却从不质疑，为什么老虎和大象会在隔壁？鸸鹋和斑马是不是应该离得更远一些？虽然大部分动物园的动物位置是有逻辑的，但游客从不需要了解这个逻辑，这个逻辑对游客的观看也意义不大。常婷的故事没有太多的悬疑，我们不必常问"然后呢"，但你依旧会像孩子看动物园一样，一路"噢""哇""啊"地在心里呼叫个不停，所以，只管看就对了。

有些小说的故事逻辑很清楚，你很容易知道该在哪里问"然后呢"，这种逻辑我们如果叫它"外在逻辑"，那推理小说或历史小说就是最明显、外在逻辑清楚的小说类型。它们的故事都有很强的因果关系，而且充满了悬疑。所不同者，推理小说是完全凭空架构出来、刻意挑战我们外在逻辑敏感度的小说，我们一定斤斤计较于推理小说的合理性和悬疑性。历史小说则是以既有的事件为依归，不容我们挑战其事件因果关系的小说，比如我们不能说如果当年孔明如何如何，司马懿就不能怎样怎样了，因为历史的因果已定，历史小说家巧妙地在事件因果、历史结局的限定中，展现其说故事的技巧，所以你在乎的反而是，作者有没有为了给我们惊奇，而脱离历史胡诌一通。

另有一种小说，其实你可能从不知道它要告诉我们的结局是什么，因为作者从不暗示，或者你虽知道会有结局，但不太在乎这结局怎么发生。故事的因果合不合理、事件是否前后呼应、有没有（外在）逻辑，是不太重要的（当然也不能说完全不重要）。就像看动物园，你不会在乎动物的关系、顺序，也不在乎最后会看到哪一只动物，你就是看得很有趣。

你被故事本身的美好吸引，故事不断开启你的想象与感受，每一部分的开展，没有外在的逻辑可以依循，但你觉得和故事的其他部分无比和谐。或者可说，这些故事建立自己的逻辑，而不是依照逻辑来发展故事，我们或可称之为"内在"或"本质逻辑"。就像服用了某种迷幻药，你甘心受骗于幻觉的美好，不在乎其他枝节。

从类型说，意识流小说、魔幻写实的小说可能都接近于这样的"本质逻辑"，而我想，真正伟大的小说都或多或少具有这样的特点。外在逻辑的小说走向结局的过程是封闭的，你每多知道一点，整个故事就少了一点，知道结局，故事就结束了。本质逻辑的小说是开放的，你每多读一点，就联想或猜测更多故事未说的部分，即使看到了结局，你还是觉得故事好像没有结束，有什么东西回荡不去。

好看的故事就是这样，读者会忘记要思考逻辑的问题，看，就对了。然后珍禽异兽一只只展现眼前，我们又始终好奇，下一只动物是什么？享受很单纯的观看（阅读）的快乐。

常婷的小说似乎也具备了这样的特质，当然距离一位成熟的小说家，还有路要走。但同时糅合了奇特的想象和厚实的田野功课，强力地支撑了她对乡土的深厚情感。她的故事让你晒到阳光、吹到焚风，有无尽的海、山、原野，还有如精灵般在乡野成长蹦跳的孩子，又机灵，又愚笨，所言所行，无所谓善亦无所谓恶，就是他们自己。她的作品让你对台湾最偏远的土地——台东，充满了想象，那是一个极野、极真，又极幻的国度。

常婷就是用这样的笔法，呈现了一个迷人的世界，我们同时看到了生命与死亡、天真与沧桑、美丽与丑恶、温暖与悲凉、真实与奇幻共存，很"野"的世界，野得神秘又可爱。

《巴布的怪物》《怪物之乡》《八月的鬼》等篇都是在学期间即已着手进行的作品，当时阅读初稿，就印象深刻。后来她陆续又创作了《寻金记》《货车男孩》《山鬼》等篇。我印象最深的作品是《八月的鬼》。正如篇中所言，所有的孩子在暑假都患上了热病：

尽管如此，患上暑热症依然变成孩子之中的一种流行，没患上的人渴望患上，已患上的则携手加入一场浩大的幻想，他们的想象于焉联结了，值得做一个更大的梦。

是的，我们对故事、幻想的渴望是一种流行、一种病，一种"暑热症"，仿佛胎里带来的热毒，在夏天必然发作。想象会联结，故事会彼此串通，这是无法解决的原始冲动，更像一场无可救药的瘟疫。谁叫我们是"人"，天生爱问："然后呢？"

而常婷其他的作品都像是这些孩子热昏头的幻想，可以彼此串联，变成一个更大的梦。所以，你读得越多，就会觉得有更多未说出来的故事，在胎孕中蠢动着。

常婷是我指导的研究生里，第一位以创作取得学位的，恐怕也会是仅有的一位。当时她坚定地希望成为我的指导学生，让我颇为讶异，因为系上同仁可以指导小说创作的所在多有。但常婷的坚定与独特气质，让我不愿拒绝这个缘分，还有可以先睹为快其创作的特权。三年的在学期间，我也发现，其实写作能力只是她诸多优点之一，当然，可能是很重要的一点，更令我庆幸当时没有拒绝这个学生。

当年我在大学就读时，文选老师赏识我的作品，在我的文章上曾批有数语赠勉，我却辜负师恩美意，没有朝创作的路走，今将此数语转赠常婷，那是泰戈尔《飞鸟集》的诗句：

尽管往前走吧，别顾着采摘鲜花，因为花朵会一路盛开在你的前头。

我相信常婷不会像我一样，再度辜负了这几句祝福。

感谢"联合文学"为常婷出版这本小说集，自瘂公以来，"联合文学"提拔文坛新秀即不遗余力，而且眼光独具。我想，这次的选择，当亦不差。

年轻如常婷，却已经让人看到对一位写作者而言，很重要的东西——风格。这风格是什么？我想可以用《八月的鬼》里面形容孩子幻想的话来做注脚：

充满他们独有的天真残忍，同时也美丽得不可思议。

正是"无所谓善亦无所谓恶""极野又极真"。到底有多好看？别问了，看，就对了。

目次

I

寻金记　3

货车男孩　51

八月的鬼　81

II

巴布的怪物　123

怪物之乡　143

流光似水　159

山鬼　175

III

201　伊莎贝拉

209　海滩涂鸦

213　独角兽、野狼、猎鹿人

【附录】
227　更能深入人群的写作方式

寻金记

1

小女孩子初次和老人上山,到他们位于山脊、铁路之上的农园,那是一片倾斜的土地,倾斜的角度好似要将整座山倾倒至东方苍白的海浪里。这样,老人第一次向小女孩子,他的孙女,展示农园。一座铁皮搭成的工寮,有一扇沉重的铁门用于保护昂贵的农药车和其他机器,茖叶园紧挨着工寮,旁边成堆的塑胶篮里装着生锈的香蕉刀和锯子,以及一双又一双布满泥泞的橡胶雨鞋。这时是冬天,茖叶园一个月采收一次,茖叶价格已经涨到了一斤三百多新台币,老人不牵着小女孩子的手,而是按着她的头领她走进去,于是,她安静地凝视了被麻布围聚的茖叶园里那不可思议的情景。

延展在她两边的茖叶树绿意森然，无限延伸，老人拾起一片叶面曲起的茖叶说："这是给虫蛀了，还是嫩叶的时候，就这样了。"他的嗓音粗嘎陌生，如一阵北风。

茖叶园中的茖叶容易辨识，除了茖叶以外的其他植物连同昆虫均已成为枯黄干瘪的形貌，一只萎缩发黑的螳螂紧紧依偎在翠绿的茖叶枝上，小女孩子趁老人不注意悄悄将死去螳螂的尸身抓住，塞进口袋里。

他们穿过茖叶园，走进放眼望去枯枝槎丫的番荔枝园，三日前请来的工人刚剪了半片园的枝，要再过一阵子树枝才会发出新绿的芽，如今看来，园子便有了末日荒芜的颜色。番荔枝园被划分为几个区块，分别种植了土种番荔枝、冷子番荔枝和数量最多的大目种。另有一块新辟的土地，在逐渐没入黄昏的地平线上隐约可见，老人带小女孩子去看。

不久之前，老人的一个朋友送了几株番荔枝的改良种给他，那种番荔枝据言名为萤宝，改良自冷子番荔枝品种，拥有较为尖刺的鳞目以及银色沟鞘，种出的释迦外皮晶莹碧绿，居然能从外面直接看见里头净白果肉如积雪般渐渐丰盈的景象。彼时那块土地上的萤宝番荔枝树仍瘦削幼小，老人指给小女孩子看，山壁的阴影下那棵番荔枝树看起来与其他树没有不同，也刚剪过枝，死寂得仿佛不可能存活。

崖下火车经过带来剧烈的轰隆声，夜晚前最后一只山雀发出鸣叫。

小女孩子来到山上以后，经常想起山下的乐趣。

她与早夭的弟弟手牵手走过太麻里街道，前往小学操场的露天电影放映会，小学学生不多，过去这儿的居民让孩子们就读市区的初中、高中，直到后来，索性连小学也到市区念。小女孩子曾经见过一辆行驶于清晨的交通车，里头满载沉睡于梦境、双眼紧闭的孩童，他们在交通车里随着车行晃动摇来摇去，她和弟弟都庆幸自己不是其中之一。

小女孩子已经记不得当时究竟为什么会有露天电影可看，也许是市区电影院的宣传活动或者乡代表为当地居民谋求的福利，小女孩子只记得那天播放的是一部外国西部电影，爸爸是这么说的，有枪和牛仔，小女孩子并不理解，直到和弟弟一同看了电影，它描述一个好人和一个丑八怪在荒野中寻找黄金，同时有另一个坏人在追逐他们。小女孩子居住地附近确实有块叫作荒野的土地，还有另一处在旧时充满野鹿的荒地，后来也引申出了特别的地名。于是，小女孩子一直以为电影中的故事就发生在太麻里隔壁，也一直觉得她爷爷长得和电影中的好人神枪手有些相似。

小女孩子为黑暗中发亮的屏幕与声光着迷，那名长得像爷爷、满脸胡茬的男人在沙漠里即将干渴而死的时候，小女孩子抓紧了弟弟的手，她真的应该好好抓住弟弟的手，他们看完电影的隔天，弟弟便因先天性心脏病死去了。

弟弟死去以后，小女孩子没有再看过电影，小学操场也再没播放过任何影片，红土操场总在黑夜里吹起风沙，阴影中深红的风暴宛如建筑本身的幽灵。

因为弟弟在隔天死去了，小女孩子将一直记得这部电影。她偷偷想过假如弟弟仍活着，他们会一起争夺在游戏里扮演好人的角色，而另一个人势必得扮演坏人，毕竟谁都不愿扮演丑八怪。

当家里最终只剩下小女孩子，她被爷爷带回老厝，和奶奶一同生活。但老人并不喜欢回家，他在山上有一片农园，种植番荔枝、茖叶和零星的木瓜、椰子与香蕉，老人便长时间待在山上照料果树。后来基于某些原因，老人决定带小女孩子上山。

山上是比山下更加安全平稳的世界，老人这么说。

小地方刚进入冬季，日照时间变得畏缩短小，山下几座番荔枝园在夜晚自动点亮探照灯以延长果实的采收期。老人与小女孩子在山上忙了一天，老人爬上长梯割下串串生绿的香蕉，几朵熟萎丑陋的香蕉花收尽最后一束细蕊，即将转变成下一串果实。小女孩子整日跑山，记录所有微红木瓜的位置，她跑动时后脑勺两条细细的发辫上下弹跳，令老人所豢养的狗兴奋地狂吠不已，那只狗叫作乐透，与小女孩子维持一定的距离，一面跟随一面远离似的旋转，令人头晕目眩。

老人把香蕉串盖上布等待闷熟的动作让小女孩子想起了弟弟。小女孩子并不喜欢香蕉，香蕉是黄色的，就和老人得病后找上他的黄色一样，他的眼白和皮肤变得暗沉污黄，那浓厚的黄色甚至弥漫在空气中形成一股气味，密实地包裹他的家。一股陈旧的恶臭，许是肉体过期的陈腐，小女孩子曾想黄色的味道如此特殊，缘何乐透过去没有闻出来。

弟弟还活着时，有一天下午小女孩子在奶奶阴暗的卧室里目睹一幕令她无法忘怀的景象。

爷爷奶奶的老厝格局相当特别，整体呈长方形，甫走进屋子大门是客厅，得病的爷爷后来喜欢睡在客厅，披一件粉红小毛毯，偌大客厅左侧有一条窄廊，贯穿众多房间直达厨房，顺序从客厅开始是爷爷房间、奶奶房间、厨房，房间与房间中以三面巨大的窗户贯穿，大得足以把卧室中沉睡的卧床框限在内。

这形同虚设的遮掩难以确实分割他们最初想抵达的心的分岸，小女孩子曾如此想。奶奶总是可以在入睡前望见爷爷空荡荡的床面，而小女孩子与弟弟一同在奶奶房间午睡时总也能望见她在厨房忙碌的身影。

那天，小女孩子和弟弟一如以往在奶奶房间中午睡，她闭上眼打盹，再度睁开时弟弟已经不见了，这时她微微撑起手肘，透过房间的大窗看见老人将一根金黄的香蕉剥了皮，将银白细嫩的果肉尖端喂给清醒而雀跃的弟弟。

弟弟只吃了一口，老人将剩余的香蕉吃完，便按着弟弟头领他到客厅看电视去。小女孩子等待老人与弟弟离开厨房，走向黄澄澄的香蕉堆里拔下一根香蕉，也只吃了一口，便发现自己再也吃不下了，她将剩余的香蕉藏在奶奶老旧的缝衣机抽屉里。

弟弟只吃了一口，她的嫉妒也只有那么一小口的香蕉。弟弟死去以后，小女孩子再也不吃香蕉。

黄昏时分老人准备收工，望着山头那块破碎的阳光看了一会，他就着夕阳余晖坐在一张粉红色的塑胶椅凳上翻拣一水盆的蒲公英，未来好用于炮制青草茶。他粗糙破皮的指尖渗入蒲公英茎叶的汁液，他不时看向小女孩子，那幅画面衬着他身后荒凉的旷野，以及方喷过农药、寸草不生的山巅，让他变得几乎和小女孩子一般小。乐透蜷缩在工寮边的沙堆上，喉咙间溢出低嚎。

爷爷今年已经七十岁或者八十岁了，小女孩子想。而实际上老人七十八岁，他耐性十足地执行手上的动作，不时伸手按着自己的胃部再往上一点。老人得的是癌症，但小女孩子喜欢称它叫黄色病，听说所有得到那种病的人最初都从胃上面一点的部位开始疼痛，而黄浊的色素缓缓浸透他们的皮肤。

老人结束工作，开了他那辆蓝色小货车要载小女孩子下山，过去小女孩子的弟弟将那辆车昵称为"拉风车"，他们无比年幼时，老人经常在周末开车载姐弟俩到市区糖厂吃冰，他们总是坐在小货车的货斗里，而过往的风会吹乱他们的头发。没有弟弟以后，小女孩子不能一个人坐在货车车斗，就算可以，她也不愿意。

老人安排她坐在副驾驶座，并替她紧紧系好安全带。老人关上小货车车门，这时，从工寮内传来室内电话的响声，老人迟疑了一下，离开车子，大步走入工寮。

小女孩子听见老人说话的声音，他说"好、好，什么？""把劳保的钱给……"以及"被带走？"。过了一会，老人走回小货车，上车，关门，双手摆在方向盘上，深深地吐气。

老人有两个儿子，长子是小女孩子的父亲，次子是叔叔，小女孩子的爸爸离开家以后，叔叔经常会到老人家里和小女孩子玩耍、说故事给她听。小女孩子过去和爷爷奶奶并不亲，是风趣的叔叔将所有与老人有关的事迹化为让小女孩子欲罢不能的传说故事，以至于小女孩子最初对老人严肃面貌的恐惧逐渐转变为憧憬。

叔叔连续许多天没有找小女孩子玩，老人在接到一通电话后冲出老厝，骑上他历史悠久的野狼传奇[1]前往叔叔兼卖番荔枝的铁皮屋，那是小女孩子与老人上山的三天前。老人回家以后，瞒着奶奶又接了几通电话，不知怎的，小女孩子直觉地认为叔叔可能再也不会回来了，一刹那，小女孩子想起很久以前向一个神许下的愿望，爸爸、妈妈都因此而消失，直到叔叔也消失。小女孩子意识到愿望失控得就像一列脱轨的火车，她再怎么拉扯刹车都无法阻止火车朝悬崖下方的海洋倾驶。

小女孩子发着抖，从爷爷房间的窗注视客厅里老人着急打电话的身影。午后晦暗的房间偶尔闪晃金黄的颜色，每当小女孩子看见那个颜色，她都会想起弟弟以前老爱握着香蕉在长廊上奔跑，那是仅属于这栋老厝的奇观，让小女孩子觉得弟弟似乎依然在这里，虽然他死去了，他的笑声、奔跑的脚步声以及香蕉甜美的气味，仍伴随着黄昏的金色光芒在老厝房间里回荡。弟弟夭折后这幢老厝是如此寂静，仿佛也只有这样的悲伤寂静

---

1 野狼传奇：台湾三阳公司生产的一款越野摩托车。

才能够喂养屋内弟弟的幻影，大人们的痛楚沉默，其实是为了不惊扰弟弟黄色的幽灵在老厝内自由飞行。小女孩子有时几乎觉得自己看见了弟弟，然而她的话无人相信也无人能懂。小女孩子年纪轻轻就掉了所有牙齿，她没办法清楚地说话，空气经过她的嘴巴发出呼呼声响，像一个肉做的洞。

她没办法清楚地说话，为此，她入住老厝后爷爷和奶奶交谈时会用一种奇怪的语言好让小女孩子也能明白，那并非是客语、闽南语、少数民族语言或者一般人以为的语言，比较像是一种咕哝。爷爷说"哼哼"，并且给予奶奶一个埋怨的眼神，奶奶就知道她把饭做坏了，而小女孩子会听见奶奶说"嘎嘎"，那是要求爷爷协助她叠芋叶的声音。小女孩子从中亦学到了一种口音，依山傍海的太麻里人人皆有的特殊口音，在每一句话的尾音缀上轻声，微微上扬，好似他们的话语总是充满对整个世界的天真疑惑。

但是总归来说，小女孩子从来就弄不懂那些胡言乱语中的规律，后来她也再没听过用这种语言说话的人，那是只属于被黄色占据的老厝内同样的黄色语言。

2

爸爸与妈妈相继离开后不久，小女孩子得到过问的权利，她问在厨房忙碌的奶奶以前有没有煮过小鸟，奶奶回答："没有。"但其实小女孩子早已从叔叔口中得知,老人壮年时带着他的双管猎枪入山打猎,宽大的工作裤口袋唰唰地、锵锵地、琅琅地滑过子弹的声响,那种声音难以形容,如果一颗子弹能够夺走一只小鸟的生命,那么老人的口袋里当时就这么唰唰地、锵锵地、琅琅地泛涌着小鸟们的灵魂,一枚一枚,一波一波,浪潮似的冰冷且双眼紧闭。

　　他将树上一只只小鸟射落,随手捡起肚破肠流的小鸟紧塞在腰际的布包里,老人每次回家,小鸟的鲜血总是染红他的大半边裤管,而小女孩子的奶奶会把小鸟拔毛、去除内脏,炖煮一锅美味可口的鸟肉汤。

　　小女孩子初听见老人的猎枪故事时,她相信爷爷就是她与弟弟曾在电影中看到的好人,她相信任何拥有枪支的男人都是一则传奇里的英雄角色。即便小女孩子一想到死去的小鸟便心生恐惧,她依然认定老人身处荒凉旷野,杀生是不得已的行为,而他不时上山便是为了拯救荒野中的孤女稚子。

　　除了麻雀以外,小女孩子不晓得老人还猎过哪种鸟,他不狩猎以后很久,奶奶依然能在椅子底下扫出一窝窝色彩斑斓的羽毛,混杂尘埃与人类毛发,属于各种不同的鸟类,但已无从辨认,或许是不存在于世上的某种神秘小鸟。

　　老人在山里的各种奇遇,小女孩子都是从叔叔或奶奶口中得知,他们说:"你爷爷到山里时鸟儿们会唱歌喔。"意思是,当老人将枪口举向某一只小鸟,原本沉默观看的鸟会歪着头再度引吭高歌,直到他扣下扳机。于是老人有一回尝试用枪口指挥那些不唱歌的小鸟，让沉重的双管猎枪在单手中笨拙地摆动，像指挥家手中的银色长棒，山雀、五色鸟、黄莺、乌鸦，它们在他点到的时候歌唱，山谷间回荡群鸟不协调的和声。

某一天晚上，老人做了一个梦，他梦见一群金黄色的小鸟在追击他，老人躲藏在一棵长桧木的中空树干里，那种地方通常是熊隐身之处，在那群鸟像嗡嗡作响的星群朝他飞冲而来之时，老人忽然灵机一动唱起了歌。

老人从来就不唱歌，但那一回他唱了，他唱歌的时候，鸟儿们默默地凝视他，用黑巧而晶亮的目光驱使他，老人意识到，他可能要一辈子这么唱下去。

他从梦里醒过来以后，就不再打猎。

老人开始种树，种香蕉、番荔枝、番茄、木瓜和苎叶，他上山工作的时候偶尔会捡到山麻雀从树上的窝里掉下来的鸟小孩，他把鸟小孩送给小女孩子，他唤着："小女孩子，你要不要养小鸟呢？"鸟小孩身体粉嫩，某些部分甚至灰灰的，眼睛大而且黑，一听见动静便张嘴求食。奶奶教小女孩子看鸟小孩的嗉囊检查它是否吃饱，幼时的小鸟皮肤近乎透明，可以看见其中隐隐发亮的内脏。

小女孩子总是把鸟小孩养死，它们的生命，老实说从树上落下时便砸碎了，是老人硬将自己的罪恶与愧疚塞给她，他觉得小女孩子年纪足够小，有能力替他偿还。

小女孩子一直害怕那些鸟小孩，一如害怕鸟儿的尸体那样，但假若她不愿收下，老人会说："小女孩子，好好照顾它们，我就唱歌给你听。"而老人从来就不唱歌，至少不对他的家人唱歌。

"奶奶，您有听过爷爷唱歌吗？"有一回小女孩子在厨房里向奶奶问道。

"没有，"奶奶摇着头，"从来没有。"

小女孩子其实有所误会，她将曾看过的那部神枪手电影里的口哨声误以为是某种歌唱，她认为神枪手是必须发出那种特别的声音的，她矮矮地在厨房里蹦跳，用无牙的嘴奋力想发出那种声音，同时眼看奶奶将手指伸进高热的铲子里快速地沾了一点儿菜汁放进嘴中尝味道。每一次做饭奶奶都用左手的无名指，戴着金色结婚戒指的那根，快速地沾、舔，每一次奶奶都会舔掉一丁点无名指上的肉，久而久之，奶奶左手的无名指变得非常短，像一枚刺，或者从戒指的圆圈里滋长的肉芽，但奶奶很高兴，她认为这是作为爷爷妻室的明证。

后来，小女孩子就开始学习唱歌。

爸爸离去，叔叔偶尔会在周二带小女孩子到山下逛夜市，那是一条短短的、仅有一条街那么长的乡村夜市，点着鹅黄色的灯火，小女孩子的叔叔在那儿买卡式录音带给她。小女孩子的身高刚刚好可以企及摆放有录音带的桌面，录音带塞在木制的格柜里横陈于折叠桌面。稍早时候，这儿贩卖着演歌、闽南语、儿歌等歌曲的录音带，然而小女孩子着迷的始终是最新出现的西洋歌曲精选集，她跳上跳下地央求叔叔买下披头士、老鹰合唱团的录音带，从西洋歌曲中，她会联想到和寻找黄金有关的那部电影里好人说话的语气。小女孩子并不知道她所购买的那些录音带全是盗版，她只是用爷爷的老播音机反复不断地听。

小女孩子不知为何经常于音乐中想到人的死亡，想到老人不久后的死亡。她想象很多鸟，各种种类、颜色的鸟聚集在爷爷的告别式，然后爷爷面带她不曾见过的微笑在无数目光中步入他的棺材，而那甚至是一方有阶梯的高级棺椁。爷爷必须小心翼翼地踩上铮亮的原木台阶，在最高的那一阶上回头望向众人，给予一个极为灿烂的笑容，随后他以一种优雅而潇洒的方式往后倒去。当他恰如其分地深深沉入为他量身定做的棺椁，一大片鹰羽溅散在空中，褐色、斑纹简洁的鹰羽，代替了往常应该填入的卫生纸早早被填入了棺内，那时爷爷仿佛并未死亡，而是落入他的沉睡，在由他决定的冬眠日。

老人死后，他的墓志铭这么写：他生前就是个硬汉，死后也是硬邦邦的。

小女孩子坐在蓝色拉风车里，将自己埋藏在保力达空瓶与槟榔辛辣的气味中，她小心地从灰蒙蒙的车窗底下探出视线，看老人瘦削单薄的身影在工寮前和另一个男人谈话，老人将一叠钞票交给男人，男人摇着头。

不够、不够。小女孩子在车内悄悄配音。

男人离去以后，老人回到车上，关上车门，将双手放置在方向盘上，深深吐气。

"小女孩子,"老人说,"你今天看过萤宝了吗?"

"还没有。"小女孩子答道。老人发动引擎,直接将小货车开往农园。喷洒过农药的果园景色衰败,空空如也,老人按着小女孩子的头引她走入农地,果园里黑刺的枯枝上冒出了新芽,许许多多的新芽。老人稍早已打电话叫工人明天上工,意味着第二次整枝的时日到来,他们会剪去另外半片园地中大部分的嫩枝,留下少数的芽,最后,那些被留下的芽得以开花。

"果实结出来以后,是半透明,可以从外面直接看到里面的果肉。"老人只要带小女孩子到这株果树之下,总是不厌其烦地解释,一次又一次,仿佛怕她不信。老人的陈述促使小女孩子回忆起过去老人交给她脏腑发亮的幼雏。

即将步入黑夜的果园底下传来火车轰轰的巨响,万物轮廓模糊,从山上远眺出海口,能见到一脉灰白干涸的河床,上次水灾曾从金峰乡奔腾过的太麻里溪此刻只留下一条条防汛道路,老人抱起小女孩子,让她坐在自己孱弱的肩头上。

他们仍然记得,大水灾那时溪河如何泛滥,先是一道从深山喷射的山泉水往上走,仿佛静止时空里的雾漫山谷空间,持续久远,那时,它想自己其实是雨,随后它如一只混沌初醒的兽,摇晃巨大潮湿的头颅试图从山锢逃脱。离出海口约三百米距离,山谷曲折,它也一并蜿蜒、撞击、怒吼,一百米处却已是大地延展,那瞬间,雨成为天空与陆地唯一的关联,它忽记起一个亘古的梦,比它是河、它是雨、它是山中的积泉更久,它想起自己其实是海,是以它摧枯拉朽,冲破人类微不足道的家园，回归它那真正的家。

老人粗糙的指尖隔空摩挲光秃的山壁，那儿是水势初次撞击之处，挡下它，再往下仍有一道迂回，再度挡下它，直到近出海口，那一片白晃晃、亮洁如新的灰白大地，便再也不能阻止。

"山就是山，河就是河。"老人说，"小女孩子，你要记住，不管我们如何更改溪水的走向、山脉的位置，每隔数十年、数百年，它依然会记得自己原本的样子。"

"不像我们，很容易忘记。"小女孩子答。

"没错。"

回到车上，老人将车开回工寮，他从车内投向山顶深处的一瞥蕴含敬畏与悲悯，老人对小女孩子说："今天晚上，你在这里。"

"已经和奶奶讲了吗？"

"已经和奶奶讲了。"老人答道。

说罢，他按着小女孩子的头走入工寮，工寮内布置了简单的家具，以及一张床垫浊黄的床，由于老人经常躺卧床铺，黄色也渗入床垫表面，晕染出一块人形痕迹。老人让小女孩子躺在床上，看着她。

"今天晚上，你在这里。"老人又说了一次，"如果家里打电话，你说爷爷在睡觉。"

小女孩子观察到老人并不打算睡觉。

"爷爷要去哪里？"

"山上,"老人说,"不要跟别人讲。"

老人即将离去,小女孩子拉扯他洗白的衬衫一角,老人说:"小女孩子,放开,我就唱歌给你听。"但老人从来不唱歌,小女孩子松手以后,老人只对小女孩子说了一个故事,他说:相传山上有一条黄金之河,所有涉越它的人,统统都会变成老头子……

3

清晨时小女孩子拖着大包装的狗粮走向乐透,她不知道一只狗的食量有多少,乐透对塑胶袋摩擦的声音产生制约反应,激动地从沙坑里跳起来,但它无论在寒冷的空气里嗅闻多少次都无法捕捉到老人的气味,这对于它是否能心无旁骛地用餐至关重要,最后它放弃了,凑近小女孩子等待她打开包装。小女孩子并不晓得该如何喂食一只狗,她拖拉狗粮的时候磨破了袋底,导致狗粮最终倾洒一地,乐透迅速摇晃尾巴,上前大口吞食,小女孩子身上沾满饲料碎屑,呆呆地后退了一两三步,狗粮袋缓慢地斜躺在地。她感到有点想哭,然而爷爷将萤宝番荔枝交给她这件事提醒了小女孩子,老人不在的时候,她必须让农园保持得和过去一样,她必须接电话,告诉电话那一头的无论是谁爷爷在工作、爷爷在爬椰子树、爷爷在上厕所、爷爷很好,还有爷爷不会给他们那辆价值三十万新台币的农药车。

小女孩子开始在她的农园里奔跑。

老人的农园距离山与海是同样那么地近，小女孩子此时凝望东方的太阳升起，在云雾里投射出一束一束的曙光，小女孩子望了一会，随即想到自己应该开始工作了。

老人和所有的农民一样，在太阳完全露脸前开工，直到中午光热增强后才休息，小女孩子决定效法。她巡视茗叶园，并且幸运地捡拾到另一只枯褐的螳螂尸体，她情不自禁地坐在一棵木瓜树下掏出原先偷偷收藏的螳螂，让两只螳螂认识彼此并且玩游戏。她似乎忘记了老人曾告诉她喷过药的植物与昆虫不能碰触，她用两只螳螂演戏，大声唱起《嘿，朱迪》(Hey Jude)，她的歌声方响起便开始消逝，每一首歌对她来说都是从生到死的小小循环。

螳螂的黑黄颜色让小女孩子隐隐觉得若药的作用是让它变得和周遭景色一样枯黄、干瘪，那也未尝不是好事，荒凉的果园在她小小的内心里留下辽阔的印象，她可以花上几个钟头在偌大的番荔枝园里高歌、穿梭蹦跳。

乐透吃饱了，来舔小女孩子的脚，她感觉身边没有爷爷使狗看来很大，但乐透温柔地伴着她，于是他们一块去看萤宝。鞋底与狗的肉蹼陷进喷过药的黑褐泥土，狗温热的呼吸吹抚在小女孩子掌心，面前的萤宝番荔枝模样与昨天一样，枝干上点点莹绿的嫩芽在寒风中颤抖，使小女孩子想起老人昨日曾打电话给工人预约今天剪枝。

如果到时候爷爷还是没有回来的话该怎么办呢？小女孩子

抚摸乐透的头颅想。

此时天空愈来愈明亮,好像不是太阳,而是整座天空都在发光。小女孩子饥饿起来,她按着乐透的头一块走回工寮,翻找房间内一台隆隆运转的冰箱。她找到一个剩余一半食物的便当盒,从厨房桌上取了一双免洗筷直接坐在床上吃,冰冷的饭粒几乎没有滋味,刺激着小女孩子暖热的口腔。由于她没有牙齿,得将饭粒含软以后用牙龈碾碎,这是一件艰难的事,她坐在床上,轻轻踢腿,决意把便当吃完。

外头传来第一只鸟儿的叫声,小女孩子想起她送妈妈到车站时那些在月台铁道间俯飞的燕子,它们来来回回,仿佛不怕被火车冲撞。小女孩子轻轻踢腿,回味妈妈离开时抱着自己的体温,以及她腋下隐隐传来的一丝狐臭,母亲的躯体对小女孩子来说是一块自己所熟悉而有温度的松软的肉,是一种廉价易得的依靠,因此当妈妈离开她的时候,小女孩子并不知道忧伤是什么。

弟弟死去后,爸爸开始赌博,用高粱酒和香烟烟雾填充他的内心与肚腹,爸爸像颗气球一样迅速地在之后的时日中膨胀起来,脸上经常带着飘然神秘的笑容,在小女孩子的想象中,爸爸高大壮硕,身上充满令她安心的香烟气味。他总在夜晚出门,身穿最俗艳的衬衫——亮橘、荧光或者粉红色,罩上一件脏兮兮的白色西装,胸口别了一朵枯萎的红色玫瑰花,下半身邋遢地套着棉质短裤,露出毛茸茸的腿,踩着蓝白拖鞋啪嗒啪嗒地走过大街。他到固定的私人赌场,与他自身同样被香烟烟雾饱胀的密闭空间，光线由于在烟雾里反复折射，以至于阴暗不堪。他们玩麻将、扑克牌和骰子，免洗杯、空酒瓶无处不在，爸爸将筹码一点一点拨到桌子中央，起初那是一些红色的圆币，再来是香烟、爸爸胸口那朵枯萎的玫瑰，而随着月色沉沦，烟雾彼端面貌不清的朋友们开始鼓噪，于是爸爸脱下自己唯一一件体面的外套、他的手表，最后是从妈妈抽屉偷来的红宝石耳环。爸爸眼中轻飘飘的傲慢像烟雾一样弥漫，饱饱地充满了他冒着血丝的眼球，让他的眼球也变得像气球一般圆滚欲裂，最终最终，一个男人对爸爸说："你要拿点真正有价值的东西出来。"然后爸爸脸色微变，他伸手到自己衬衫胸口前的左边口袋里取出一颗扑扑跳动的小小心脏。

"这是我儿子的。"爸爸对他的朋友们说，"反正他已经死了，而这是一颗很烂的心。"

小女孩子坐在床上吃完了她冰冷的便当，她甩动后脑勺两条已经稍稍有些松脱的发辫，不再想象爸爸当时可能的样子。小女孩子听见工寮外头传来乐透的号叫，以及不认识的男人对乐透频频咒骂。

也许是工人来了，小女孩子想。她跳下床，急切地走出工寮，冬日阳光穿透云层落在她发热的脸颊上，逆光方向有两个成年男子四处走动、翻倒纸箱，他们一个长得高壮、皮肤黝黑，一个则十分瘦削，他们看见小女孩子时说了"哇"。

小女孩子问他们是不是来帮忙剪枝的工人。

两名男人低声交谈，没有回答小女孩子的话，他们推开她走进工寮内,其中一个发现了农药车,他发动了农药车,将车从工寮内开出来,小女孩子苦苦追赶,开车的男人发出笑声,刻意等她,小女孩子追上后他又驱车前行。有一段时间,小女孩子玩得很开心,另外一名陌生男子也倚在工寮边微笑,直到农药车沿路喷洒农药,机械的车形倒映着锐利的光,男人开动农药车于农园里横冲直撞,压断几棵幼小果树,另外一人则动手搜刮更多物品,小女孩子脸上僵硬的笑容终于像捕蝇草上的蜜糖般滑落,乐透疯狂地叫喊,水雾似的农药轻轻覆盖住小女孩子的农园。

男人们将农药车开向通往山下的路途时,小女孩子追逐了相当长的距离,然而她出于害怕无法独自踏上属于"山下"的土地,她脸上垂挂眼泪与鼻涕,浑身肮脏、头发凌乱地坐在屋门前,乐透不知所踪,太阳正下降到山的另一端,小女孩子意识到剪枝工人们今天没有来,爷爷也是。

夜晚全然降临以后,小女孩子才听见了老人的呼唤。

那声音极为弱小,掺杂着乐透一声高过一声的吹狗螺更像是一个幻想,小女孩子推开门奔入夜色,闷头撞进爷爷的怀里。老人和她一样浑身肮脏,甚至比她更脏,破烂的上衣沾有碎叶和泥巴,他一手压着小女孩子的头一手压着乐透,背上背着一把形状奇异的长木头,他无法行走得更快,小女孩子偎着他的大腿,亦步亦趋跟随。

他们走入工寮以后,老人立刻将长木头放在一旁的衣柜顶端,接着让身子缓缓滑入鹅黄色的被单,小女孩子对老人说:

"对不起，我把便当吃掉了。"

老人摇头，从口袋里取出手机拨了一通电话，从山下叫了两个便当。

他们不知道便当什么时候会上山，并且害怕山里的秘密会被发觉，老人问小女孩子："你今天看过萤宝了吗？"

小女孩子回答是。

"可是今天工人没有来剪树枝。"小女孩子加上一句。

老人呻吟一声，脱下上衣露出有那把木头形状瘀青的背部，他说没有关系，到了明天他们可以一起亲自做。

老人的背太过疼痛，以至于没有发现农药车消失，小女孩子爬到老人背上，替他将伤口敷上药膏，那份药膏同样是奶奶为老人调制成的，然而，老人从来就不喜欢回家。

老人做了那个关于金色小鸟的梦境以后便不再打猎，但他仍然需要宣泄无穷精力，他镇日在山间徘徊，行走于闪耀璀璨的金针花田，发现隐藏于花田内一户如梦的家，那户家园中住了一名女巫，从喷出食物香气的窗户里伸手召唤爷爷走近。太麻里很小，这件事传到奶奶耳中时，小女孩子看见奶奶背对着她做菜时左手上的肉刺犹如触须般抽搐扭动。

在小女孩子擦拭药膏的动作下，老人的眼睛渐渐迷惘黯淡，被一层无害的睡意笼罩，小女孩子按压老人正日复一日变黄的皮肤，她的手指仿佛隔着皮肉追击癌细胞黑色的蔓延。老人身上传来一种腐败的气味，他死去以后，停放他尸体的老厝满屋子都是那种味道，这味道是黄色，鲜明得就像弟弟嗜吃的香蕉。

小女孩子凝视老人沉静的睡脸，再度确信那张脸极似她曾和弟弟一同看过的那部西部片主角，而叔叔的确也说过：很久很久以前这儿附近传有金矿，隐藏在一条山里的河流之中，一群来自荷兰的探险队深入草莽，探索未果，采金途中与太麻里部落发生冲突，当地社人死伤数百，约四十人头颅被割下。爷爷年轻时从屏东坐着老牛车来到这儿，说不定就是为了寻找黄金。同时在依山傍海的东部山间，他靠一己之力开垦拓荒，进入山林，巧取豪夺，全凭一把双管猎枪，他年轻时的确就是个牛仔，骑在挖土机上。

老人沉重的鼻息在送便当的摩托车声响由远至近时微微停滞，随后他睁开眼站了起来，从某片方砖底下藏匿装在铁罐里的钞票，老人拿出红色的一张交给小女孩子，一会后，小女孩子拿了两个便当进屋。

他们用餐的时候老人总算注意到消失的农药车，他问："今天有人来？"

"有，"小女孩子说，"是剪树枝工人。"

老人没有质疑小女孩子的话，他拿着免洗筷的手重重地拍了拍小女孩子的头。他们准备入睡前，窗外让番荔枝群维持清醒的探照灯倏然璀璨，小女孩子认为这是比白天更加白亮的光景，果树的叶脉与枝丫，均因光阴的分布更加清晰且横生细节。老人紧紧拥抱小女孩子，他们在床上头抵着头，小女孩子嗅闻那股黄色的味道，意识逐渐蒙眬。

隐隐约约，老人呓语着宛如歌唱，但小女孩子知道他从来不歌唱，所以她猜想那只是另一个故事。

4

爸爸离开太麻里前带小女孩子去市区看了炮炸寒单爷。

在小女孩子的印象中，那是一个特别黑暗又特别明晰的夜晚，他们跟随人潮站在散发臭水沟味的街道一角，等待游行队伍通过。满地鞭炮的残余和槟榔渣、烟蒂延展成对小女孩子来说辽阔无边的纷杂大地。爸爸牵着她的手，穿着平日赌博时惯穿的那种招摇撞骗的鲜艳服装，那时的父亲看起来难以形容地英俊，他是阴影里唯一夺目的斑斓色块，是一支霓虹灯旋转的灯管，平素穿在白日里会显得不正经的服装，于游行中却显现出他这人物的特色来。他的豪赌仿佛是为将来咸鱼翻身预设的伏笔，嫌弃他的家人或向他逼债的地下钱庄都得排队等着舔他的鞋，而他会牵着小女孩子就像此刻牵着她，因为只有她，不在做爸爸的狼狈潦倒时口出恶言。

爸爸像个孩童般对小女孩子兴奋地预告："他们就要到了。"

小女孩子从父亲的手掌里挣脱出自己的手，直起食指塞进耳朵里，她怕极了突如其来的爆炸，小女孩子过去只看过几次游行，都是发生在大白天的游乐园里，爸爸这次告诉她有晚上的游行，问她要不要去。小女孩子想象戴着卡通人物面具的戏耍者、踩高跷的巨人、喷火壮汉、打扮成女巫的美丽女子，他们沿街抛撒糖果，乐队在船型彩车上伴奏。

可是爸爸说这个游行不同一般，会有爆炸，像是很多气球在游行里被踩扁，那是无可避免的，不是吗？

小女孩子点点头，表情严肃地将手指紧紧塞住耳朵，此时她从下往上看爸爸，发现爸爸那副期盼不已的模样不过就是比她高大一些的男孩，骤然间，小女孩子了解就在这个晚上，她和爸爸待在同样的年纪、同样的时空之中，爸爸变得小小，他们一起伸手塞住自己的耳朵。

几乎是在同一时间，远处的地面燃烧起来，噼里啪啦响过火花四溅的光热。如同人们在不断被子弹射击的路面上行走，小女孩子如此想，因为爷爷和那部关于西部牛仔的电影让小女孩子把所有和爆炸相关的东西都想成了射击。她的爸爸一点也不了解她，会将爆炸和气球联系在一块的从来只会是她死去的弟弟。

小女孩子看见游行队伍的前方是一名拿着榔头敲击背部的裸裎男人，以及另一名以榔头敲击头部的瘦子，他们的背部和头部鲜血淋漓，小女孩子不自觉抽开耳朵里的手指转而捂住眼睛，随即又被刺耳的炸裂声吓得再度堵塞耳窝。她的爸爸在近乎无声中以一种她死去弟弟的神情朝她微笑，她学会塞住耳朵闭上眼睛，她早应该像本能一样学会这件事情才对。

小女孩子再度睁开眼时，一名肥壮、穿着兜裆布的男性正踏着律动诡谲的步伐靠近小女孩子的方向，她以为自己看错了，但那是真的——那名男性的脸颊被一根约莫有三米长的铁棍穿透，没有流出血，好似那根铁棍原本就长在他脸上一样。小女孩子来不及想那么他该如何刷牙洗脸呢这样的问题，她倏地被黑夜里游行的男人们脸上游离做梦的神态攫住心神，他们毫无感觉地切割自己肉身，鞭炮的子弹打在他们身上，他们脸面的神态依旧肃穆隐忍，像鬼一样，一种更真实且贴近鬼此等存在的模样。小女孩子愣忡着，转头望见她的爸爸失却了微笑，已然也是同他们一般毫无表情的梦游面孔。

爸爸那梦游般的面孔，就像弟弟成为尸体后安在棺材里的脸，弟弟身边覆满洁白的羽绒，是要很多鸟小孩死去以后才能聚集出那么多的初生羽绒，团团围绕着弟弟，使得弟弟最后只露出一颗头颅，安详地无表情着。小女孩子那时曾纳闷弟弟身体的其他部分到哪里去了，但她仍然选择在最后亲吻弟弟的额头，她爱她的那个小弟弟，就算他变得冰冷僵硬，就算他只剩下一颗小小的头。

鞭炮声愈来愈近，也愈来愈强烈，小女孩子感觉黑暗中每一件事物的轮廓都在震动，随后她终于看见了某个人从夜的深处飘移而来——脸上包着头巾、赤身沾染黑色灰烬，手拿一片叶，眼看鞭炮流窜过去，那人即将被无数子弹穿透身心，但没有，那是个无可名状的存在，布幕下的眼睛以及其手懒懒抚去绚亮的姿态均如此昭告。

小女孩子不知不觉放下手问身旁的爸爸："那是什么？"

爸爸喊出其名讳："流氓神！"

小女孩子目睹那些血腥与残酷，她认为这肯定是一个凶狠、无所不能的神。小女孩子这时转头望向爸爸,她纯真的眼睛里突然出现了位于现在、未来以及过去的所有真相引发的沧桑,她问爸爸:"我可以向流氓神许愿吗?"

"他不会理你的,不过随便你。"

小女孩子咬着下唇,静静地对高坐轿子的流氓神许愿。

如果不是爸爸,妈妈将来不会离开,弟弟过去不会死,叔叔不会失踪,爷爷不会生黄色的病,而奶奶不会由于爷爷夜不归宿在床边哭泣。

小女孩子向流氓神请求:把爸爸带走,把爸爸带走。

这时,炸裂大地中心的神竟仿佛心有所感般向小女孩子的方位投以好奇的一瞥。

紧接着底下人潮将神抬走,小女孩子吐出深埋胸口的一丝气息。她转头看,爸爸还是爸爸,年长的英俊的玩世不恭的,而且即将永远地离开她了。

三天后,爸爸为了跑路,远离小女孩子与妈妈,小女孩子那时知道,她与妈妈不久后也将在火车月台上告别。

5

小女孩子与老人几乎是同时张开眼睛,污黄的床单抵着老人肿胀的背部,此时散发辛辣痛感,可他仍然必须离开,前往山上。老人急迫的模样让四肢肌肉偾张,那时他又有了精力旺盛的假象，小女孩子觉得，老人如此迫切地想要离开这里，或许并不是为了他最初所言的必要原因，而是由于他渴望见到花田里的女巫。

小女孩子知道，其实花田里的房子没有住着女巫，至少不是她所以为的那种女巫，奶奶和邻居嚼舌根曾经提到过，爷爷私会的对象是个同样七八十岁的番婆。小女孩子约略了解番婆的意思，她也听人说过花田里住着女巫，女巫有那么多种外号称呼，但小女孩子喜欢在心里喊她女巫，花田里的女巫。小女孩子想要见她，又因为嫉妒与害怕的关系不愿让老人知道。

于是小女孩子只问："你要去追逃跑的树吗？"

"追什么树？"老人反问。

"水灾的时候被冲到海边的树，叔叔带我去看过，但是树过几天就消失了，我猜它们自己回到山里去了。"小女孩子继续说，"爷爷要去追树吗？"

"对。"

一会后，小女孩子自己说："爷爷不可能去追树的。"

"不追树，那追什么呢？"

"黄金。"

老人点点头，那一瞬间的表情让小女孩子想到久未谋面的叔叔，那是由于贴近了真相所以让人无所遁形的表情，小女孩子因而有些得意。老人颤抖着抹抹脸，他眼角的皱纹和下垂的眼眶在在神似他的两个儿子。小女孩子意识到，她真的好久没有见到叔叔了，在过去，叔叔每隔几天就会上山讲述以前的故事给她听，他说自己和哥哥年轻时一同在农历新年走路到太麻里街上看电影。那时村庄热闹非凡，有金山和建国两家戏院，他们由大带小到烟雾弥漫的戏院看片，穿一身卡其新衣。戏院内挤满木头椅子和吞云吐雾的大人，影片通常是政治片或武侠片，中途不清场，想看多久就看多久，他们看到晚上回家吃饭，一出戏院，整个人头昏眼花。

对小女孩子而言，叔叔是特别的，是拥有与父亲相似的外貌但更为适切的存在。叔叔没心情说故事的时候，就教小女孩子唱盗版录音带里的英文歌，小女孩子从来不知道叔叔怎么学会那种来自另一国度的语言，她念"爱老虎油""古德奈"和"古德掰"，叔叔经常被她咬牙切齿的发音逗得哈哈大笑。

老人并未和小女孩子解释，她最亲爱的叔叔同时也是他的儿子，已经被父亲的债主绑架走。离开前老人嘱咐小女孩子：倘若那两名男人又来找麻烦，别跟他们说话，赶紧去躲起来。

一直到老人的背影消失在山道间，小女孩子才允许自己展露忧郁，模拟一种明明知道老人要去私会别的女子，却只能佯装不知的苦涩眼睛，小女孩子在奶奶脸上多次看过这种眼睛，但奶奶总是旋转着手指上的金戒，藏起对小女孩子来说因善妒而格外晶亮美丽的眼珠。

小女孩子展开对果园的巡视，她找到一把用于修剪苊叶的生锈剪刀前去萤宝番荔枝的农田，笨拙地修剪枝叶，再过不久果树就会开花，开花后还须找工人前来授粉，否则仅有老人和小女孩子根本无法完成所有工作。小女孩子修剪完一棵萤宝番荔枝树的枝叶以后，觉得十分疲惫，她随手扔开剪刀，一面呼喊乐透一面回到工寮。远远地，小女孩子听见来自工寮内播音机的声音，是一首由于距离太过遥远而难以辨明歌词的曲调，在那儿，她又见到了偷走农药车的男人。

这次只有一名身材瘦削的男人独自前来，小女孩子由下往上仔细地观察他。男人有一张畏畏缩缩的脸，双眼微微斜视，头发狂乱竖起、黑长纠结，像是大武山区七里香被怪风吹成形貌特异的树冠，小女孩子想老人会不会要砍下来，种在盆栽里，高价卖出去。她到处走走看看，担心另一名陌生人潜藏起来，打算趁她不备时夺走更多东西。

男人询问小女孩子是否懂得吟唱播音机里传出的歌曲，小女孩子说："当然。"她唱了《太阳出来了》（Here Comes the Sun），男人看着她唱，当小女孩子停下来，男人再度要求她，但小女孩子摇摇头。

"你知道你爷爷的事情吗？"男人问。

"我知道，他说山上有条黄金河，会让人变成老老的。他去找黄金，你知道黄金河的故事吗？"

男人看起来像是想笑，扁平的脸上五官抽搐地纠结。他第二次要求小女孩子唱歌，如果小女孩子愿意唱，他会说黄金河的故事。于是小女孩子唱了，这次她是随便唱的，她料想男人听不懂西洋歌曲，而他也确实不明白。

小女孩子唱完歌以后伸手拉住男人的衣摆，以至于他哪儿也不能去，小女孩子希望男人不要像爸爸、叔叔与爷爷一样，在给予她承诺以后又消失不见。男人任由小女孩子拉着自己，他坐下来，开始讲一个黄金之河的故事。

男人说：很久很久以前……

好吧，或许也不是那么久，可能几十年前，或一百年前。

男人断断续续地讲述故事的主角是两个男人，正合小女孩子心意，她问一个是不是很丑，而另一个则是好人？男人说不不不，又说对对对，其实他也不晓得这两个男人长什么模样，倒是十分确定这两人的肤色一个非常白，一个则非常黑，他们一个是"番仔"，一个是"白浪"。小女孩子问什么是"番仔"和"白浪"，男人答不出来，因为已经没有人知道他们究竟是什么名姓。只知道一个皮肤黑，一个皮肤白，而通常在这个故事里，黑的那个才是"白浪"，白的才是"番仔"，为了方便说故事，他们只好这么称呼两个主角。

原先，也没有人知道黑的是排湾的山地人，还是南美洲的土著，皮肤白的也没人知道是闽南人、客家人，还是阿美人，是荷兰还是瑞士的传教士。为了把故事讲好，男人考虑很久，决定让这两个人一个是小偷，一个是抢匪。在故事的一开始，他们就被通缉、被追杀，因为他们一个贩卖私酒，一个抢劫财物，他们从山的西边逃到东边，就这么在路上遇到。

小女孩子问："他们骑马逃走的吗？"

男人沉默了一下，随后说："对……"

小偷和抢匪骑着马，戴着晴雨帽在满是尖锐石砾的道路上奔驰。（小女孩子说："尖的石头，让马很痛。"）小偷和抢匪骑着马，戴着……宽檐帽，在滚滚黄土中奔跑——当然，黄土极其细致柔软——同时他们各自高举一把双管猎枪，不时向身后的追兵射击。起初，他们并不信任对方，只是恰好在逃亡路上相遇，又倒霉地一同被发现，最后只好一块儿策马狂奔，逃亡之时，他们也不忘咒骂彼此，要另一人别走和自己相同的路线。无奈他们语言不通，抢匪往左，小偷也往左，小偷往右，抢匪也往右，他们商量不出什么好方法，后来就一起逃进了大武山。

在大武山里，小偷与抢匪不得已成了患难与共的兄弟，毕竟在充满飞禽走兽的蛮荒之地，能有一个共同狩猎求生的同伴也是件挺好的事情。小偷与抢匪为了避风头，在山上生活了很长一段时间，长久得甚至觉得，永远不下山也没有什么关系。这段时间里，他们渐渐学会一种新的沟通方式，一种只属于他们的暗号，取代了他们各自的母语。

有一天，这两人中的"番仔"，他说他的族裔曾经叱咤这片山林，而在他的族里流传了黄金的传说，从大武山再过去三日路程会见到一条河，这条河是产金之河。他又说，曾见过部落里的长辈熔铸金条，那东西闪闪发亮，看起来非常美丽。"番仔"说，既然他们都躲在山上了，不如去找这条黄金河，还能让自己开心一点……

男人说到这里，小女孩子露出无牙的笑容，她觉得故事中的抢匪像极了老人，她拉着男人唱歌，歌声结束时，他们听见了噼里啪啦的声音。

6

　　流氓神过去从未听闻过一个孩子的愿望，他本来也不是乐于接受他人祈愿的神，但在那喧闹嘈杂的瞬间，透过扮演他的青年，他看到了小女孩子眼中的祈愿，几乎不可能被发觉的秘密在那孩子眼中纵横。流氓神无限的视觉亦见到了所有生命的开头与结尾，他看见两帮人马为了争夺老大位置派出最能忍受疼痛的扮演者扮演他，谁能忍受得最久谁就赢得这场仪式，也赢得地盘与权力。他看见小女孩子的爸爸和其中一帮人借钱偿还赌债，他此番前来就是为了找机会向一位角头请求清偿时限的延后。流氓神听见小女孩子的心愿，理解到她永远也不会原谅他。

　　流氓神隔着物质世界与凡人腥膻的体气朝小女孩子投以好奇的一瞥，那是一蕊多么幼小的灵魂，黑眼睛，两条细发辫，脸颊在冬日里冻得通红，刹那间，流氓神感到小女孩子也回望过来，他们四目相对，随后分离。

　　发光闪烁的柏油路上流氓神遁出肉身，空无赤裸地穿透人群，来到小女孩子的爸爸身边，流氓神观察一会，决定穿上她爸爸那身俗艳可笑的条纹西装，学会他摇摇摆摆的行走姿态。

　　那晚小女孩子的父亲与地下钱庄交涉未果，被剁去了一根手指，三天后便跑路了，留下小女孩子和她的妈妈。

　　流氓神知道，小女孩子早早遗忘曾向自己许愿，她从不认为愿望真的能够实现，她的妈妈给了爸爸的离去一个适当的借口——遭人设计欠下大笔赌债，无法偿还只好逃到山的另一边。于是当流氓神饶富兴味、期盼地在小女孩子身边游荡，希望她能多多少少基于一个神的无为所导致的最佳成果给予一丝谢意，而小女孩子却如一般正常人那样对他视而不见，流氓神无法自控地感到泄气。

小女孩子追逐农药车时，流氓神跟随在她身后，从喷发弥漫的农药雾气里得知老人罹癌的缘由。

流氓神试图跟随男人们回返山上，可是他突然发现自己哪儿也去不了，莫名其妙地，流氓神只能待在番荔枝园里，待在小女孩子身边。

小女孩子和老人一同入睡时，流氓神观望他们的梦境，看见小女孩子梦见了与他初次相见的场景，而老人梦见了被绑架的次子，梦见次子被长子牵着前往戏院看电影所走的长长的路途，他们穿着卡其新衣的背影边缘镶着白昼的日光，仿佛即将消失在马路尽头一样，老人在梦里伸出黄色的手，却无法阻止儿子们缓步离去。

隔日，流氓神聆听小女孩子与老人的对话，他知道老人正想方设法筹取赎金，他知道老人会愿意出卖自己行将就木的躯体为山老鼠集团盗取木材，甚至是其他不可为之事。老人剩余的寿命写在他忘了扔弃的一张未中奖彩券上方，并且由于命运之故始终被携带于老人随身不离的腰包衬里，对流氓神来说，这是再明显不过的暗示，通常在人们的一生，会出现几千万次类似的暗示，但人们不懂得解读。好比说，老人购买的彩券是大乐透，而老人恰好有一只名为乐透的狗，那只狗的母亲曾经误食农药而惨死。光是这样或许仍然不够，所以那个数字曾经在老人年轻时出现过一百多次，每一次都和毒药有关，他误食的第几颗倒吊子，他一天中拾得的最后一只麻雀是被毒蛇咬毙，他第一次使用农药的日期……无论如何，老人从未发现，流氓神于是也沉默不语。

老人再度上山以后，流氓神跟随小女孩子进行她每日的工作，直至陌生男人偷偷溜进工寮，把玩播音机，要小女孩子唱歌给他听。当男人说完黄金河的故事，小女孩子又唱完了歌，流氓神的皮肤爆出火花，发出噼里啪啦的声响，令他全身发痒。

他知道自己不是受男人的故事吸引，而是因为小女孩子歌唱的声音，她的声音里流露不可错认的祈愿，期许一种更好的生活，若果得不到，死亡还更好些。那声音提醒流氓神，他尚未完成小女孩子的愿望。

流氓神厌恶因此带来的瘙痒，他抬头凝视小女孩子，但她已经和男人一道去看萤宝番荔枝，独留他在田埂中尴尬地噼里啪啦。

不能否认，流氓神喜欢鞭炮在肉身上炸裂的触感，倘若将来有人研究他，即便不敢以文字或话语断定他是个有受虐倾向的神，也会在心里暗暗地想。神轿上扮演流氓神的人类是替他感受鞭炮的媒介，他让该名人类以为遭受疼痛，实际上疼痛是属于他的，当他令自己深刻体会，他的肉身便陷入出神茫然之中，无知无觉。

难以忍受皮肤瘙痒的流氓神，终于认真地思索该如何实现小女孩子的心愿，他首先得令小女孩子的爸爸重回家乡，其次，他将穿戴那身可笑、有条纹的西装外套，潜入小女孩子梦境，扮演一名散播亲情的完美父亲。流氓神如是思量。不过且稍等片刻，老人临行前脑海中预想的目的地在流氓神眼中投射出一片洒满阳光的金针花田，那份神性与灵感吸引了他，促使他窥探。

住在花田里的女巫是老人的情妇。流氓神窥视老人的记忆，发现他们在一个台风天相遇，老人身穿雨衣，沿着林道摘采山苏，不知何时大雨如注，老人急忙下山，却失足滑倒，顺着湿滑泥泞的道路他掉进浅浅山沟，一醒来，迷迷糊糊地看见沿地生长发光菌，在树荫里仿佛绿色的小人儿正舞蹈。他跟随发光菌走了几分钟，突然在拨开的阔叶林枝叶外看见一片无边无际的金针花田，神奇地，阔叶林内依旧滂沱大雨，阔叶林外却阳光明媚。

老人行走在温暖和煦的原野上，抬头看见台风中心的孔洞湛蓝透亮，周遭云层快速飞旋，他闻到一股糯米饭的香味，不禁跟随香味走向位于花田中央的屋子。那幢屋子，看上去并不像石板屋、木屋或茅草屋，也不像砖房、水泥毛坯房，它只是一方最平凡微小的屋子，在任何地方你都不会注目，唯一的特点是，小屋没有门，是以老人便直接跟随糯米香气走入屋内。

小屋里，老人看见一蹲坐地面忙碌的身影，小屋本身即是厨房，逸散着团团蒸煮小米饭的水汽，那人仰头对老人笑了笑，是个年老的少数民族女人，她的年迈甚至连老人都不禁将她视为母亲。

走进屋内以后，外头反而传来了阵阵雷雨声，老人顺理成章地留在屋子，他帮她用气味芬芳的叶片包裹米饭，制作成可口的食物。吃完饭，他们静静地坐了一会，那女人始终微笑，坐在一张藤椅上，舒适地闭上了眼睛。这给予老人观察她的机会，老人仔细地看，她黧黑垂皱的脸面；她几乎长及地面的黑发，里头爬满鲜红的头虱，乖巧地与她同眠；她穿着最普通的棉布衣裳，将一枚小米酒宝特瓶当作珍宝般拥紧；她光裸的脚很小，龟裂而长茧，放松张弛的模样看上去比主人更早入睡。

不知为何，老人看着这画面，就再也不想回家，他想一直待在这里，身处进屋前是晴天、进屋后则是雨天的小小房子，想一直看着这名平和的女子，睡着时微笑，睡醒时蒸煮米饭。可他没有足够的勇气为一时的冲动离开结缡半生的发妻，所以他只能悄悄离开屋子，心怀苦涩地下山。

老人回家后和别人提起这段遭遇，他的朋友笑说可能是吃了误以曼陀罗叶包裹的阿拜[1]，导致他幻想，可他知道不是幻想，有些真实事物原来就比想象的东西更离奇。往后若有机会，老

---

1 阿拜，台湾地区的少数民族用于节庆、祭祀的食物，以叶子包裹糯米，类似华人的粽子。

人便借着各种理由上山，寻得隐藏于阔叶林里的路径，回到洒满阳光的金针花田，他一语不发走进屋里，静静和这名女子做伴。

流氓神听见老人记忆里，街坊间那幽暗的声音，人们谣传老人在山上有一名少数民族的情妇，人们形容那名女子年轻貌美，是某部落的公主，又或者是女巫，据说她是个哑巴，据说她其实很老，外表却很年轻，据说她其实很年轻，外表却老朽不堪。

流氓神不着痕迹地退出了老人的记忆。

7

最开始小女孩子并没有留意流氓神，爸爸逃走以后，妈妈不到几个月也和她在月台上相拥道别，其后就是与爷爷奶奶相依为命的日子了。爷爷发现自己得了黄色病，他开始按着小女孩子的头领她走进荒凉的果园。因为人之将死，老人是希望能有个年幼的孩子与自己做伴的，小女孩子则深知自己不过是弟弟的替代品而已。

男人弯腰研究萤宝番荔枝时，小女孩子请求他归还价值三十万新台币的农药车，但男人摆手拒绝。他们一块在黄昏的农园里观看萤宝番荔枝细瘦的枝干，小女孩子同时向他着急地说明这种特别的果实，成熟后果皮呈现半透明，内里果肉依稀可见，是她爷爷亲手改良的新品种。小女孩子再也无话可说时，男人表示他必须得离开。

小女孩子决心要找回农药车，即便没有男人的帮忙，她仍然竭力尾随他离去的路径，身子摇摇晃晃，步伐零零碎碎。流氓神匍匐山坳，发现农药车被改装成爬山虎，早已颠簸锈坏，推弃在一处悬崖底，那悬崖底又是机械的坟场，无牌照机车、被窃取的农务机械残破腐朽，是山老鼠们的废墟。

小女孩子不知道，自己跟踪到一半便被男人甩开了，他只是安静地躲藏在山径旁的五叶松后方，等小女孩子走过，她没有发现。流氓神盘旋于男人头顶，希望小女孩子能够感受到自己造成的特殊气旋。

小女孩子觉得寒冷，她避开骤起的山风一直走着，渐渐地，她脚下的土地变得平坦易行，树木自两旁退开，为一片美丽的金针花田让道。小女孩子顿时纳闷起来，在这片竟然可以望见地平线的辽阔原野之上，假如男人领先了她一百米，她也应当可以见到他渺小的背影。

此时小女孩子早将男人抛诸脑后，这片金色花田带给她明媚的风景，她于是知道，这儿就是老人经常造访的如梦家园。不知为何，小女孩子在这时想起一段待在山下的回忆：

她在奶奶家蹦跳着偷觑奶奶做饭，同时悄悄拾取原料的碎屑咀嚼，她猛然尝到一种苦涩的植物，吐了出来，问奶奶那是什么。

"欧低啊。"奶奶回答。小女孩子凭着对闽南语的微弱了解，拼凑出了黑甜仔这种微苦的野菜，奶奶还说，必须被水烫过才足够好吃。

"黑甜仔，听起来像梦。"小女孩子嘀咕着，眼看奶奶以戴着金戒的手将梦烫一烫，烫出杂质和苦涩，拌入透明的黏棉籽加油快炒，在小女孩子眼中，那道菜奇异得像是秃头鲨在黑甜梦海里泅泳的景象。

小女孩子有段时间没见着奶奶了，几乎就和叔叔一样久，她漫步在金针花田上，想着自己的梦，也想奶奶的梦，老人不在以后，奶奶可以隔着山上与山下的距离分享她的梦境吗？

在工寮里那张有污黄人形的床垫上，老人经常和小女孩子分享他的梦境，而因为那是老人的梦，清晨时分小女孩子便会忘得精光。小女孩子的梦主题则多半是飞行，她看见山谷，会想象自己翱翔于棱线之上，她一面飞一面高歌，但在她的梦里，飞翔总是需要努力，需要瞪着天空用力提起身体，以至于梦醒之后，她往往气喘吁吁。

终于，小女孩子看见了花田里的房子，从那扇仿佛是窗又或者只是破洞的缺口里露出一只黑得发亮的手臂，上头布满树皮般皱褶相叠的纹理，那只手对小女孩子挥动，招呼她靠近。

屋子没有门，可是小女孩子并不直接走进去，她在那扇窗下握住了那只轻轻挥舞着的单薄的手。她握着那只手，顿时感到十分的悲伤，说不清为什么，悲伤不化为眼泪，反而化为尿水，突然间胀满小女孩子的肚腹。她很想尿尿，只好放开那只手，一瞬间，小女孩子听见来自屋内黄色的语言，让她知道，当她回家时会发现爷爷和叔叔都回来了。

小女孩子急急忙忙地奔跑回家，起初想的是爷爷和叔叔，但随着离家愈来愈近，她眼前浮现厕所，老人建造于屋外，一间由水泥砌成的茅坑，喇叭锁永远无法真正锁上，小女孩子需要一边拉着门，一边蹲低撒尿。她一面奔跑，心中一面勾勒那番情景。

工寮外，乐透正一上一下跳跃，小女孩子呼喊狗的名字，走入工寮外的空地，乐透窝进空地边的沙坑里。这时小女孩子看见了老人，他站在卧房外洗手台上的镜子前，仔细为一身便宜西装打好领带，小女孩子愣愣地望着他，老人说："走，带你去吃喜酒！"小女孩子实在太过惊讶了，而久未谋面的叔叔也从屋内走出来，同样一身西装打扮，除了眼角与嘴唇破皮瘀伤以外，他的眼神像看着很远的地方，更像是失了魂一样。小女孩子想，过去的叔叔恐怕再也不会回来了，现在的叔叔对小女孩子有些疏离与憎恨，即便她小小年纪，却已可以明白。

小女孩子被安置在小货车里，模糊听着爷爷与叔叔的对话。

"爸，你真要卖掉这片果园？"

"本来就不是我们的，这是保留地，我们只是租用。"老人回答。

"租用的权利也很值钱。"

"不值、不值，这里的不算什么，你没听说火车站前面那块,卖了一亿。"

"那块地那么小,能做什么?"

"哪晓得,听说是要盖旅馆。"

"这片地卖掉,你的萤宝番荔枝怎么办?"

"一起给人家种算了,这品种很特别,可以卖很好的价钱。"

"既然是少数民族的保留地,你要怎么卖?"

"先过户给有少数民族身份的朋友……"

"又是金针花那边那个?妈知道会怎么说啊!"

"她早就知道了,走,我们快赶不上吃喜酒。"

小女孩子等到爷爷和叔叔都坐上车,而自己被拥在叔叔僵硬冷漠的怀抱里,她才想起自己尿急。

再等一会,小女孩子想,等等就可以上厕所了。

婚礼位于山下一所小学,恰恰好就是小女孩子与弟弟曾观赏电影的小学。由于小学跑道仍铺满红土,在一阵阵东北季风的吹抚下,宾客们都在弥漫的沙尘中用餐,淋上酸辣酱的炫彩九孔、具有减肥疗效的油鱼、烤鸡,在烟尘弥漫中闪闪烁烁。每一张圆桌约莫坐了三四个男人和同样数目的女人,他们无论男女全都噗嗦噗嗦地抽着香烟,一根抽完再点一根,"咔""咔"地将槟榔去头嚼食,彼此抢夺廉价威士忌,或者趁对方不注意时把他的酒杯注满。多半从事劳动与农务工作的居民,对尘暴几乎满不在乎,红色的塑胶汤匙浸在滚烫的热汤里,四处奔跑搜集装饰用塑胶花的孩子,风沙抚动七彩遮棚,发出"咿呀""咿呀"的声响。

此时放眼望去，红土飞扬的跑道上充满握手寒暄的小地方风云人物、噘着嘴走来走去的红衣女子、一听人说起笑话便做哭丧相的男人……小女孩子跟在爷爷与叔叔身边，感到尚未进食肚腹便已饱胀，每走一步，尿水便好似即将溢出。

小女孩子坐上圆桌，看见奶奶早已落座，他们殷勤招呼着彼此犹如陌生人，奶奶倒了满满一杯果汁给她，除了爷爷奶奶和叔叔，其他人面貌眼熟但并不认识，大人们一阵哄笑后彼此敬酒，小女孩子抿了一口果汁，一名女人告诉她："要干杯。"小女孩子仰头灌饱液体，开始感到体内瘙痒，空塑胶杯再度满上，又是敬酒，又是干杯，她忍耐咽下所有湿意，无论来自哪里。

始终看着一切的流氓神不明白，为什么小女孩子不对老人诉说自己身体的痛苦，这中间有些什么是神所难解。小女孩子只是安静地坐着，小口小口啜饮果汁，心中祈愿着尿意能够退潮，流氓神的皮肤随之噼里啪啦起来。

"新郎新娘到啦！"鞭炮震耳欲聋，美丽的新娘小女孩子从未见过，而新郎则是她的父亲，那个曾穿着条纹西装、跑路的爸爸，现下笑脸吟吟。不知何时回到太麻里，回到山下，也许就躲在奶奶家，这是爷爷不让小女孩子下山的原因吗？

爸爸在躲债期间居然又招惹上了别的女子，从此有了新的妻子，小女孩子亦有了新的妈妈。可是小女孩子等啊等，爸爸却不曾来他们座位敬酒，新郎新娘交换过金色戒指，就像奶奶手上的那只，小女孩子看着为了向父亲敬酒而盛满的塑胶杯，终于忍不住了，她鼓起的膀胱让她的肚子就像怀孕一样膨胀，怀了满肚子尿水。她忍无可忍地开始撒尿时，那些大吵大嚷的人还搞不清楚原因，只晓得起沙的地一下子平静了，变得湿淋淋、沉重重，散发一股尿骚味，围坐圆桌的人们四下寻找原因时，小女孩子吐出一口长气，饥饿地伸手抓食桌上的炸丸子。

到那个时候，小女孩子终于真真切切地望见了流氓神，在她爸爸再娶的婚礼上，以及人们为这臭酸的婚礼争相起身逃窜的人潮中，流氓神以一种不可思议的目光凝视小女孩子腿间溢出的黄色尿液，源源不绝好似永不干涸，小女孩子紧紧盯着流氓神，仿佛问着："看看你干了什么好事！"流氓神短暂的神命之中，初次感受到一种名为欢悦的情绪，尽管他是不能笑的，他仍然暗自引火提早点燃另一串鞭炮，让自己浸身于炮炸的安慰。小女孩子的尿液则追逐并包围新郎与新娘，将他们逼上红色塑胶椅，进退不得如同汪洋孤岛，流氓神从炮炸中走出，倾听小女孩子的内心。

他没有听见那一声又一声的：把爸爸带走，把爸爸带走。

小女孩子脏污的身体最后由爷爷与奶奶共同清理，她咬着嘴唇，是一种只属于孩子的无辜。小女孩子牵起爷爷奶奶的手，头也不回地离去。

在山上的家，老人重重地喘着气，替小女孩子换上干净衣物，他们打包回家的菜肴有一半进了乐透的肚子，小女孩子一球一球吞食炸丸子，好似永远也不嫌多。老人什么也不吃，他在脱去小女孩子身上湿透的衣服时一并换下西装，他身着汗衫，将自己拼凑进床面的黄色人形。小女孩子舔食手指余味，跟随老人窝进床里，年幼敏锐的鼻子察觉黄色气味变得比过去任何时候都更为浓稠。

老人问："小女孩子，你看过萤宝了吗？"

小女孩子说是。

"你什么时候看的？"

"昨天，昨天看的。"

"萤宝看起来怎么样？"

"不太好，它们以后结果，黄色的风吹过来，热热的，它们会都黑掉。"

老人领悟地同意："是南风。"

"南风？"

"焚风，对果实不好。"

"你爱花田里的女巫吗？"

面对小女孩子突如其来的疑问，老人没有回答，他有几根肋骨在最后的工作中断裂，但他自己并不知道，喜宴上，他和小女孩子是唯二忍受强烈肉体痛苦的人。婚礼过后，新郎新娘借用小学厕所清洗身体，小女孩子凝视父亲，他正幸福着，世上所有苦难都只是任性的孩子，他没有看自己的女儿一眼便和新娘搭乘礼车离开，小女孩子知道，他们将再也不会见面。

老人没有回答小女孩子的问题，他睡着了。

流氓神知道这是老人此生的最后一次睡眠，他在梦中跟随金色的小鸟，鸟儿们将他引领至铺满鹰羽的棺木，棺木外环绕着群鸟，它们深深凝视老人，直到他步上通往棺内的阶梯，他向后倒去，激起漫天鸟羽。他的家人鱼贯走过棺木，小女孩子的奶奶伸出戴着金戒的手，一下一下抚摸老人的胸膛。

　　流氓神看到了这里，倏地将自己抽离，他听见山上男人蹑足的跫音。小女孩子从床上起来，因乐透的咆叫走出卧房，男人等在林中黑暗处，他说：你们明天要赶快逃。

　　小女孩子问："为什么？"

　　"他们要来讨债，原本绑走你叔叔，这次，他们也会带走你。"

　　"什么时候呢？"

　　"白天，天一亮就会过来。"

　　"小偷和抢匪最后有找到黄金吗？"

　　男人看着小女孩子，考虑许久，最终他说出故事的结局。

　　小女孩子暗暗在心里许愿，希望故事能成为真的。

　　黑暗中传来噼里啪啦的声响。

8

　　他生前就是个硬汉，死后也是硬邦邦的，炬睁着眼，倒不像对人世仍有眷恋，而是试图仿效石头的质地，向世界强调他的存在，必须被恒久地记得。

老人在棺内时发现自己无法动弹，曾经他走过群山，现在则无奈地被困在这儿，这小乡镇、小老祖厝、小棺材、小干瘪躯壳。他听见家里那口老钟整点时敲出的脆响，他凭着最后的生前记忆，估计差不多三点了，但钟敲过了三下，还是持续地敲下去，敲过十二下、二十四下、三十六下，不可能的，已经是七十八点钟，而这一日仍在往后延续。

小女孩子正为他唱最后的歌，伴奏的是橙黄橙黄的引磬一只，那引磬的声音像极了老房子里的老时钟，于是她为他敲出了近于无尽的小时。

他躺在棺材里的时候，举屋静默，悲哀和困惑没有出路。而他对这样的状态暂且感到舒适，身边成捆的卫生纸如鹰羽柔软，他为自己的结局如此英雄人物十分自豪，身上没一个令他丢脸的伤口。他想：也无病无痛。他刚得意，门外突然传来热闹欢腾的喧嚣，是游行，还是炮炸寒单爷呢？直到震耳的炮响截去小女孩子的歌声，炮成为一枚破空而来的子弹，深深钻进他体内深处，他疼得瑟缩，子弹滚烫地镶在他心口上。

不知谁说："现在开始绕棺三圈，可以和爷爷说话，抚摸他，握他的手，这时候难免会难过，可以哭，但不能让眼泪落到棺木里。"

小女孩子的眼泪恰好落到棺木中，恰好掉在他被子弹破开的伤口上，他终于感到舒服很多，泪水舒缓了他的疼痛。

他看着棺木周遭的人群旋转，头顶的天空也旋转，他身上的伤口流出泪来,他忽然可以移动手臂,便伸手按压伤处,那儿并没有咸咸的泪,只有台风来临时的暴雨。

这是一场奇观,陡然间他不在棺木内,而是站在山林里的草丛间,面对席卷荒山的丰沛雨势。酸痛的肌肉告知他已经久立了好一段时间,他却没有任何记忆。他抚摸胸膛上的枪伤,意外于自己原先虚弱泛黄的老朽病体竟重回壮年时的强健体魄,他抚摸自己,一遍又一遍,暗想原来这就是死后世界。这时上方崖边突传来搜索的吆喝,有人在找他们,是的,他们,一只手重重放在他肩上,他转头,对上一双清澈的黑眼珠。

抢匪和小偷肩并肩、背靠背,没遭到枪击的手握着沉重枪支,他们喘息着,小心翼翼在雨声里辨别追兵的脚步。

至少我们最后找到了黄金。

没错。

他们笑起来,视线不约而同投向不远处灾难般的黄金之河,兴奋得全身发抖,雨滴沿着他们的鼻梁与下巴滴落胸襟。一颗子弹打落小偷的晴雨帽,他们被发现了,只能往河流下游逃跑。

大雨令河水暴涨,河流中浮泛着无数漂流木。在过去,居住这儿的那些古老人们透过自深山流下的断枝理解时间,那缓缓流逝的年岁,五十年的肖楠木浮动莽撞,五百年的红桧色泽如血。小偷与抢匪被逼至河边,再也无处可跑,而追捕他们的人愈发靠近。

只好如此啦。他们义无反顾跳入河中,利落地在滚动的漂流木上跳跃，也在浮沉的年岁上跳跃，五年的松木，十年的七里香，一百年的台湾榉，偶尔，一段分崩离析的牛樟承载千年的时光漫流而下，穿过忧伤与死寂，他们遂也踏上了千年。潮湿黝黑的牛樟木坚实硬挺，他们背对彼此，平衡水上摇荡，旋转间精准射击后方追兵，展开黄金河上的大逃亡。而他们是如此沉醉于蹦跳浮木的枪战，浑然不觉随着他们从上游至下游所越过的每一根浮木，其中隐含的时间亦缓缓在他们身上留下刻痕，不久之后，他们曾跨越的年岁便有了一百一十五年之多。

站在千年牛樟上，小偷和抢匪面面相觑，出口的第一句话就是已转变为苍老粗哑的"干恁娘"。难以置信他们骤然间变得如此年老，可不知怎的他们并不感到绝望悲哀，只是可笑。他们面对对方，指着彼此脸上垂挂的皮肉和皱纹，忍无可忍放声大笑。他们边笑边感到精疲力竭，出于某种直觉，他们知道最好别跨越脚下坚实沉稳的千年老牛樟。直到老牛樟载着他们搁浅于河流下游，他们便抱着树木在汇集雨水的泥巴里滚得浑身脏污。

追捕他们的人沿着河岸经过，没有认出这两个老头子就是他们亟欲抓获的通缉犯，甚至当两个拥抱树木的人是疯子，为了不被传染上疯病，追逐的人马火速离开台风侵袭下危机四伏的河谷。

小偷与抢匪笑了好半天，才从泥巴里爬起来，此时暴雨消逝，山间回归祥和，远方海平线延展一片鲜红晚霞。他们支撑彼此受枪伤且疲惫的一百多岁身躯，暗自向不久前年轻的自己道别。

对他们来说，山下已是更加危险的地方，群山间的神秘正朝他们招手，那又是另一条有去无回的亡命之途——在许久的未来，还会有无数与他们命运相似的人踏上这条路。

他们下定了决心。只是临走之前，抢匪仍眷恋地望了最后一眼山下土地，彼时一阵来自南方的热风呼呼地吹，朦胧难辨的黄昏中，山腰处的农家果园仿佛有小女孩子和狗，正全心全意地朝未知狂奔而去。

货车男孩

飘浮的子弹

  男孩从今天起开始为自己从未呼唤过父亲的男人准备行囊，他们备好以狗骨仔制成的长矛、腰带番刀、无线电、一整个保特瓶的生米、香烟和槟榔，他将所有东西放到货车车斗上，他住在车斗的防水布里，而那个男人住在工寮内，等于把一整辆车给了他。
  他们预计天一亮就出发，所以男孩开始计算。山里清晨经常起雾，很难感觉到太阳的光芒，男孩在车上穿起他的小雨靴与鹅黄雨衣，他想到车下玩泥巴，然而这个时间点那男人随时会醒。男孩于是看向养在峭壁边的母山猪，去年秋末他们捉到还只是小猪的它，那时它身上有着白色的横条斑纹，男孩和它做伴几个星期，直到它褪去斑纹开始愈长愈大。

幼时的山猪聪敏而可爱，男孩想。但是看看它，长得愈来愈大，养在笼子里淤积的粪便中，只要有人走近，即便是他，母猪也以为是有食物要给它，它会抽动肉感且覆有黑斑的鼻子加以探询，几次以后，男孩痛打母猪脆弱的鼻翼。

"你在干什么？"父亲这时醒了，从屋中走出来并捕捉到男孩的视线，他又问了一次，"你在干什么？"

男孩摇头。

父亲攀住车缘跳上货斗，检查男孩替他整理的行囊，淡漠的面孔看不出是否满意。男孩望着他翻动的手，上头汗毛覆密，清晨微雨之中男人的侧脸点点水珠般的银色胡髭来回闪动，男孩看见他停止动作，下车，到屋内拿了一束冲天炮。

"拿好。"父亲将冲天炮交给男孩，男孩被遗留在货斗上，与行囊一起待在防水布下，父亲打开车门坐进驾驶座，发动引擎，压着粗粝的碎石声响离去。

这是男孩第一次参与，那伙人他几乎一个都不认得，只有父亲的老友阿德伯，苍白的老脸上安一个大红鼻子，父亲曾说阿德伯是他的娱乐。男孩见父亲离开那伙人围成的圆圈到树林角落找阿德伯，两人做交易，不过父亲通常会多给两张，让阿德伯下山时有能力带点野味回家，给他行将就木的老母亲打打牙祭。

结束后，阿德伯带着溢于言表的快乐走向男孩，他称男孩"阿弟仔"，问他："你爸爸终于要栽培你了是吗？"男孩没有回答。

几个男人坐在密林阴暗处抽大麻烟，其中一个男人叫来男孩,从旋开螺丝的车尾灯里拉出两管枪杆,男孩接过尚未组装的枪支走回父亲的货车,把枪藏进防水布下。这里是我的家,男孩想,现在里面充满他们的秘密。

父亲在远方说:"喂,过来。"男孩仔细盖妥防水布走向由男人们围成的圆圈,父亲伸长手臂,几乎可以环绕整个圆圈的长度,小心翼翼地圈住了男孩的肩膀。"来试试?"父亲将烟卷一端塞入男孩嘴里,"一点点就好,来。"男孩顺着父亲的话仿佛吮饮般啜了一小口,他失败了,什么也感觉不到,至少没有此时笼罩于圆圈之中的模糊氛围,让男人们莫名地止不住笑意。于是男孩再接再厉,用力吸入直到腮帮子鼓胀,温暖而朦胧的光晕顿时笼罩住他,男孩双腿发软,慢慢地滑落在地。

他听见父亲所在的圆圈中爆出大笑。

"他几岁了?"

"七岁。"

"很好、很好。"

他们交换白色塑胶杯饮用大罐保力达药酒,随着天光逐渐倾斜角度,男孩听见"杂种狗"的叫喊。自从父亲听说山底下有农民和养狗场合作,从海外引进猎犬配种以驱赶山猪,父亲便和他的朋友们商量也弄几只狗来用用。一次喝醉后,他们到山下捡了一窝小野狗送给查海,让这个不会说话的人帮他们养狗,养出来的狗能自在地行走山路,然而全身上下充满空洞,眼睛是空洞,叫声是空洞,肚子更总是空洞,父亲便和其他人称它们为"杂种狗"。

查海黝黑的肤色在一群从事体力劳动的男人中并不显眼，男孩却对他明亮深邃的眼眸印象深刻。查海光脚将杂种狗们驱赶过来，狗群偶尔低吠，循着人类的气味眼巴巴地等着食物，他们看见一只公狗正在"骑"一只母狗，父亲朝它们扔石块："真他妈畜生。"

　　男孩细数狗群数量，有三只黄狗、两只白狗、两只黑狗和三只杂色狗，白狗是最容易受到野兽攻击的，过去他们原本有五只白狗，现在只余两只。

　　一只黄狗凑向男孩舔他的手，围成圆圈的男人们尚在商量工作分配，由父亲与几个较有经验的男人组成更小的主事圆圈，他们言语低微，好似山岚抚过树梢的颤音，其他听候差遣的同伴三三两两聚集闲聊，也有几个开始把狗装入狗笼上车。阿德伯正试着将一些药锭卖给查海，查海不懂得拒绝，但显然毫无意愿，男孩察觉黄狗正在啃咬他的手，温热的口腔分泌出湿漉漉的唾液，一点也不痛，只是出于好玩。

　　"他根本不讲话，你还强迫他？"一个男人，戴着一顶破破烂烂的晴雨帽，腰间挂着番刀和对讲机，五官很陌生，他注意到男孩的目光，举起手做了一个动作，那个动作同时包含了将男孩推开与召唤的两种意思，男孩选择什么也不做。

　　"阿弟仔，"阿德伯对男孩下命令，"你过来听，不是很喜欢听故事吗？你这小孩子。"

　　男孩靠了过去，此时他们落脚的阔叶密林顶端再也无法承受愈发凶猛的雨意，雨水哗啦啦地下在圆圈中央。戴晴雨帽的男人从怀里掏出一包槟榔,"咔"的一声剃除蒂头,咀嚼一会,吐出第一口混杂石灰等物质的槟榔汁。"接下去的就好吃多了。"他对男孩好奇的眼睛进行说明,"但第一口,第一口要吐掉,那是有害的。"他拿了一颗槟榔询问阿德伯和查海,两人接受后轮到男孩,男孩摇头婉拒。"以后还有机会。"男人咧嘴,笑得一口鲜红。

"你是谁?"男孩冷不防问。

"我是你爸的朋友,叫阿强。"

"阿强叔。"男孩说。

"他被关过的,知道很多事。"阿德伯含糊地道。

男孩好奇地看着男人。

"我之前不往山上,我之前,在海边。后来风灾水灾把山里的木材冲下来,你有见过吗?沙滩上都是木头的样子,我们会去捡。我本来是捕鱼的,有时候到很远的地方捉一种大鲔鱼,但是那时候木材价钱很好,我们第一次知道有这种东西,你爸后来帮我介绍,说海边的拿完了,山里面还有。"

树林外的雨声骤然变大,致使他们停顿几分钟,阿德伯抽出腰间的番刀砍断一叶姑婆芋,将宽圆的叶片倒放在头顶遮雨。

"然后呢?"男孩以一种急切的态度追问。

男人目光涣散,好似槟榔里加了什么药一样:"小孩子,你看过飘浮的子弹吗?"

"没有。"男孩掌心圈紧口袋里的一小束冲天炮。

"我跟过一艘捕鲔鱼的大渔船,几乎到菲律宾与我们的边界,几百英尺的绳刚放下去,马上就被他们发现,一直追到恒春附近咧，还看不到陆地的时候，船长已经让船自动驾驶，我们都跑去躲船底下的暗舱，挤得要命，我和船长抱在一起，然后他们就开枪了……"说到这里，他吐掉最后一丁点槟榔渣，点了一根烟，"我和船长待在底下，看着外面我们原本站的地方是一片白白、灰雾的形状，随着船身波动，然后他们开枪，砰砰砰砰，我们在下面动都不敢动，我看见那片白白、灰雾的形状中间出现一些模糊的流动，出现一些痕迹，我再仔细看，发现有两三颗子弹划破空气，在半空中飘浮，好像我只要伸出手去抓，就可以把那颗飘浮的子弹抓在手里……"

"为什么会那样？"男孩问。

"船长说，是因为他们发射的子弹太多了，你有没有看过卡通片？没有？为什么不叫你爸爸带你去？……那就像卡通片一样，因为太多子弹经过相同的轨道，在人的眼睛里形成只有一颗子弹暂时停止的画面，我差点伸手去抓，差点整只手被打烂，后来船长骂我骂得狗血淋头。"

男孩肃穆地谛听，浑然不知包括阿德伯与查海等其他男人，均已被父亲叫去身旁集合，他们已经分配好彼此工作，只剩男孩毫无用处，阿德伯向父亲毛遂自荐，要带男孩把风。男孩很快注意到他们对他的为难，既想带他，也不想带他，带他好像被盘查的几率会小一些，不带他也就少了要教导、保护的累赘。

父亲没有答应，他要查海和阿德伯一起到山地人家里守着关口，看情况怎样再无线电联络，他们讲定无线电频道的时候，男孩被父亲分派给阿强叔，而阿强叔一方面也是父亲的拍档，父亲说阿强叔不常上山,他要带着他。

剩下的男人们两两分配好开货车和爬山虎,前导车先去巡过一遍以确定安全无虞,父亲说:"上车。"男孩立即爬上货车货斗,熟练地躲藏进防水布中,与冰冷的金属做伴。

阿强叔上了副驾驶座,父亲驱动货车开始行进,白昼杳无人迹的雨雾随风飘移,男孩眼里映照着山谷间硕大庞然的笔筒树,让他有种远古的错觉,繁杂的山雀鸣叫随着他们的经过变换行踪,突然男孩站了起来,紧握住把手凝视道路前方的大型鸟类。

"蓝腹鹇。"他听见阿强叔说。而父亲已然用力压下油门,在货车即将撞上那种奇特的鸟时,它们飞走了,男孩的父亲与阿强叔放声大笑。

他们往山顶移动,周遭的景色变得枯槁而荒凉,满山尽是喷过药的黑草,他们沿路寻找猎物的踪迹。男孩听见父亲教阿强叔怎么分辨野狗的脚印和山羌的足迹,掘深的泥洞、嚼烂的根茎类和被压倒的玉蜀黍枝干则都是山猪留下的,紧接着他们注意到某种痕迹,男孩觉得那像是自己光脚时踏在泥地上的脚印,只是更为纤细。

父亲和阿强叔交换一下眼神,把车停妥在山道边缘,男孩并未犹豫是否要下车,他待在车上,理解到他们正在接近棱线的地方,山顶的空气冷得刺鼻。父亲和阿强叔兵分两路寻觅猎物的走向,男孩看着父亲沿途摘取山苏和龙须菜的背影,阿强叔倚着父亲的长矛,将尖端深深扎入大地,远远向深山望去。

他什么事也没在干。男孩想:他正在偷懒。

男孩这么想时，阿强叔回头看他，男孩便又躲回自己的防水布中。他们的货车之外，一颗外叶被冻成银色、美丽盛开的巨大高丽菜正向男孩展现——他们身处于一片色彩斑斓的花园，这让男孩想起不久前自己与父亲相依为命的时候，一个夜晚，他拖着一整个麻袋的番石榴走向被喂养于峭壁边的母山猪。母猪栖身的兽笼十分狭窄，让它毫无回身之地，男孩在兽笼的栏杆间挤压番石榴直至它们裂开、散落在布满尿粪的笼底，母猪便低头咬食，偶尔用前肢压住过大的碎块，再用牙齿绞碎。男孩喂完了所有的番石榴，慢慢在兽笼周遭踱步，他经过母猪身后，陡然间意外地见到母猪臀部间的裂缝，那正在排泄出青色粪便的肛门下方，竟流出一股一股的鲜血，男孩想：那肯定是一个伤口，只是不知在何时受伤？

男孩探出颤抖的手指进入母猪的伤口，挤压出另一股黏腻的血液。男孩重复着挖掘的动作好挤压出更多的血，可是与男孩心中想象截然不同，流出血的母猪深处并没有比男孩身处的世界更加温暖，他所感觉到的只有阴冷、紧小的狭长甬道，一抽一缩地包围他的手指。男孩的父亲从屋里出来的时候撞见这一幕，大声喝问他："你在干什么、你他妈在干什么？"

男孩回答："没有。"他取回自己即将冻伤的手指，谨慎地藏在自己外套口袋。

"狗娘养的小杂种。"父亲咒骂着将他痛打一顿，就好像男孩也会趁父亲不注意时痛打母猪。父亲说，养母猪是为了让它秋天发情的时候可以一下子吸引很多公猪来打炮，男孩不曾过问那所代表的意义，只知道母猪的阴户吞进他手指时被迫发出响亮的号叫，因此引来了父亲，而那真是十分有趣。

那真是十分有趣，男孩想。

他们现在停留在这片美丽的花园里，阿强叔无聊地抠挖一块大石上的藓类。不久前，阿强叔试着采集地面散落的几瓣在山底下被称为"情人的眼泪"的可食菌藻，然而被父亲发现了他的所作所为，父亲嘲笑他捡拾如此破碎而肮脏的东西，两人接着交换了猎物可能的行进方向。

"也许它绕了一大圈又回老窝去了。"父亲说。

阿强叔不置可否，他们上车，没有理会男孩，父亲径直将货车开往山的另一头。

男孩在防水布里长时间地感受枪管斜靠着他的那份亲昵与冰冷，他的父亲从来没拥有过相仿的造物，它们很沉重，几乎就和男孩的重量一样重，他借着阴影窥视实心木枪托，以及保险杆上微弱的反光。刚才父亲走过车边开门时，男孩听到他口袋里的子弹咔啦作响，那好似是海边鹅卵石被浪潮翻卷的响声，父亲口袋里一整个海岸绵延的响声，在男孩心中寂静地漂浮着。

男孩紧握手中的冲天炮，防水布外约略透漏一点儿阳光给他带来照明，他阅读冲天炮上的说明文字，但什么也读不懂，只从早先男人们围成圆圈等待开始时投给他的眼神了解到这是一种用于取乐的东西。

从来没有人给过我这种玩意，男孩想。

就在这时，驾驶座旋开的车窗内飘出一阵苍白的烟气，同时间带来无线电的信息，是一个男孩从未听闻的声音。

"他们决定在棱线下面放狗。"父亲以下巴指向山脚,"缩小范围以后，确定在那附近。"

"最好'杂种狗'能捉到,"阿强叔说,"不然晚上就炖它一只来吃。"

他们在山的棱线处停稳，父亲下车时随口向男孩问了一句："我的刀呢？"

男孩愣住了，发出介于呜咽与辩解的细小噪音，企图指出父亲腰际正佩带着那把用于杀戮的短刀，父亲注意到了，从刀鞘抽出刀，男孩不明白，为什么没有人到防水布底下取用猎枪？

狗群的吠叫远远传来，父亲与阿强叔不动声色，狗吠声极为分散，男孩依然待在货斗里，他看见一只狗叼着某件物事从树丛中轻快地奔跑出来，它叼着一只死去小猴子的脚，让它可怜的身体在空气里晃荡。其他几只狗跟随而至，它们互相争夺小猴子的四肢，很快便将小猴子扯得七零八落。

"一群狗娘养的畜生。"父亲说。男孩想：他老早就把这话说过不下千万次了，一群狗娘养的，他也是，我也是，每个人都是。但父亲紧接着续道："只会追那些没有用的东西。"男孩猜想他指的是皮薄肉少的小猴子和竹鸡一类，毫无价值也毫无挑战性，狗儿们追逐抛接着小猴子的尸体，男孩隐约地近乎想象般听闻母猴在树林里哀泣。

无线电传来几个简短的催促，男孩起初并不在乎，但父亲与阿强叔都竖起耳朵仔细聆听，他俩一下子钻进一丛芒草，激起几缕蜘蛛的丝线在空中飘飞，男孩幼小的心脏跳动得比平时更快些，他感染到父亲热烈的情绪，知道也许是猎物近了，只有这时候，他才会下车。

男孩足蹬亮皮荧光雨鞋，噼里啪啦地走过一道入雨的泥泞，他抬头仰望顶端的悬崖，那儿传来父亲与阿强叔听不出愤怒的咆哮，像是对他们爱着，却并不喜欢的一件事。男孩在悬崖下，许多狗顺着同伴的叫声与猎物的哭号生疏地爬上悬崖，男孩眼中，那些狗是带着期盼与欣喜的神情跳上石壁，那模样比父亲他们看来要殷切得多。男孩想：而那真是一处很高的悬崖。

随之一大滴狗的雨珠从山巅往下坠落，各种颜色都有，黄的、白的、黑的、杂色的……团团围绕位于它们中心的某个点向地面坠落，遇到硬实的地面时才轰然溃散。

狗群显然对于已经失去反抗能力的猎物不再感兴趣，率先咬上的老狗们早就不管不顾各自离去，竖起鼻子锁定山地人查海的家。几只后来的狗不甘心地啃咬猎物颈部，但猎物除了瞪着男孩站立的地方以外，无法继续冲撞。

"你有没有看到？"父亲从悬崖下来了，安然无恙，阿强叔跟在后头，晴雨帽松松地挂在耳后，一句话也没说。

"你有没有看到？"父亲又问了一次，这会男孩确定父亲不是在对阿强叔说话，男孩点点头。

"它已经死了。"阿强叔强调，"被你爸刺死了。"

"从哪里？"男孩问。

"腋下，直接插进心脏。"

男孩小心地靠近猎物，查看它的伤，在它前肢侧方确实有一划简洁、不明显的伤口正汩汩流出暗红浓血，表示这一刀下得有多么凌厉。男孩趴到地面嗅闻猎物身上的臭味，那是他永生难忘的味道，一种好吃的食物尚未加工前野蛮的腥膻，男孩看着猎物凝止不动的褐色眼珠，上头沾染了一些与"杂种狗"打斗时留下的尘土，它皮肤毛发不多，躯体白皙而滑腻。父亲与阿强叔一同将猎物抬上货车时，被甩上车的猎物身上扬起了几尺高的黄土，乍看之下像光，光在忽大忽小的雨中扭曲，像猎物不屈的鬼魂，那几尺高的黄土数十分钟都没能落定。男孩转而注意到猎物的腹部依然起伏，一下、一下，直到吐出最后一口长气。

"别看了，小子，已经死透了。"阿强叔说。

男孩执拗地摇头："还没有呢。"

"你说什么？"父亲从驾驶座高声问。

男孩说："它还在呼吸呢。"

"它已经死了，你这个狗养的白痴。"

男孩不再回答，父亲他们回到车内，留下男孩和仍偷偷呼吸的猎物做伴。他们停车地方有一棵颀长的猩猩木，静静地落下一尾鲜红的叶片到男孩身旁、猎物侧方，那叶片衬得猎物的血更加明亮。

你正在呼吸不是吗？男孩想。

车子狂乱地颤抖，咔咔作响滑入山径，静止不动的猎物浸在雨中，男孩望着猎物致命的伤口处渐渐失去颜色，剩下一道痕迹，好似塑胶刀在纸黏土上的压印。

那伤口处不再流血，倒冒出串串透明泡沫，男孩用手压住伤口。

阻止你用伤口偷偷呼吸，他想。

雨让男孩寒冷，他压着猎物冒出气泡的伤口，同时因那接触感到舒适，他打了一小会盹，等他再睁开眼，他们与空荡荡的小货车置身于花园。

那是一座阳光璀璨、开满金针花，而高丽菜银色绽放，闪闪耀眼的乐土，阿强叔愣愣地坐在他身边抽烟，男孩的父亲暴跳如雷。

"怎么回事？"男孩问。

"它跑了。"阿强叔说，"猎物跑了。"

"那我们现在就没事了？"

"也许吧。"

男孩沉思一会，他问身旁的男人："你真的见过飘浮的子弹吗？"

阿强叔还来不及回答，父亲便隔着几株油菜花对男孩眨眼，他眨着眼，亲密而且好像在笑，一瞬间让男孩意会过来，自己终于等到了。

想看看子弹。男孩怀着愿望从防水布底下抽出两段式组合猎枪，兴冲冲地跑向父亲。

"好好看清楚。"父亲将猎枪的枪托部分搭在弯曲的膝上，困难地扳动一枚银针圈，枪管与枪身拼凑起来，至口袋中取出圆柱形子弹，塑胶弹管隐然可见填塞的火药，父亲拇指摩擦着粗糙的塑胶底端，让它们乖乖滑进枪管，他拉下击锤，瞄准花园下云霭飘摇的森林，倏地开火，响亮而笔直。

男孩目瞪口呆，父亲严厉地盯着他："你怎么不去玩你的冲天炮呢？"

男孩终于记起自己曾经被亲手交付了一捆小小的冲天炮，他回到车上，找到那捆冲天炮，并向抽烟的阿强叔借了火。随后，男孩开始奔跑。

他必须跑到一个合适的地点，可以吸引许多人的目光，他剧烈地跑动甚至到了浑身颤抖的地步，后来他找到一块空地，距离产业道路很近，而风向、雨水也影响不到的阔叶林里，他在那里点燃自己仅有的第一根冲天炮。

"咻"的一声，冲天炮穿越云雾直飞上天，轰然炸裂。

很丑，男孩想，可是是笔直的。

杂种

男孩默数着日子，等待十月到来。

父亲表示母山猪将在中秋过后发情，届时他们会带母猪到上风处，埋伏制高点等待雄猪。男孩记得父亲最后说，也许会给他一整颗猪头，但男孩只希望能有机会开枪。

车斗另一头有个笼子正发出细微噪音，里头装着男孩的同伴,那是比男孩更小的小小人,父亲在一个月前捕获并交由男孩照顾。

此时男孩从防水布底下窥视父亲及其朋友的聚会,晶亮的眼睛快速地移动,黑暗中他们生起火焰,饮酒作乐。

聚会上有一名女人,男孩始终只看着她。

他从来没有见过女人,所以起初有些说不出口:女人、女的、女……直至他的父亲摸了女人屁股一把,说她是"母狗",男孩这才有了真实的想象,其他男人也随之说她是"母狗"或者"番婆"。

她是少数民族,男孩意识到,好似查海那样的人,黝黑而五官棱角分明,黑白双色的眼珠子在黑暗中也会亮晶晶。她在火焰之外微笑,对男人们的戏弄不予回应。她并不年轻,约莫四十岁上下,嘴角的笑容浮泛细微纹路,像树皮上的纵深。她靠着狗车车笼,上半身藏匿于阴影中,赤裸布袋般的胸脯,下半身弯曲褐色脚掌。她有长长的黑色头发,里头已经掺杂了些许银白,爬满鲜红的头虱。有人递给她香烟或槟榔时,她从不拒绝。

她有可能是这临时组成的团体里某人的妻子,但当男孩这么设想,陡然间所有人都像是她的丈夫,又或者,她确实就是所有人的爱人。

男孩的父亲在酒精的作用下红了脖子,他隔空对女人做了暗示,女人便伸手从狗车的笼子底部捞出两只比特幼犬,提着小狗走向男人们包围的中心。

上次狩猎以后,父亲与阿德伯嫌弃山地人查海养的杂种狗不会看顾猎物，据说，他们给了查海一点儿"教训"，山地人便逃跑了，留下一屋子被毒死的杂种狗。

父亲说："反正是杂种，不要也罢。"他们前往查海曾工作过的山下养狗场，找到新的养狗人，叫作高犬，准备拉他入伙。男孩的父亲说："他是智障。"仅仅因为高犬不太会讲话的缘故。男孩后来知道，高犬并非不会讲话，而是他左边的耳朵因年轻时长期在工地导致突发性耳聋，身处人群之中，高犬听不懂众人高亢的争论，他就将右耳压在铺满枯叶的地面，闭上眼假寐。

"真方便哪。"阿德伯等着女人摆弄小狗时说，并且伸手拍打高犬裂痕密布的脸颊。

男孩见一只原本在林中休息的蓝斑猎犬凑近舔舐高犬脱皮的手，吸引其他猎狗上前争食沉睡男人手背上的蜕皮。高犬除了耳聋以外，也患有严重的皮肤病，无关季节的一圈圈蜕皮，令狗群经常兴奋急切地舔食，男孩的父亲说："就是因为你让畜生吃你，它们才长那么好。"高犬这智障一点也听不见，他把右耳压在下方，横堵整个世界。

男孩看着男人们交换眼神，谈笑的话语随夜色渐深掺杂愈来愈多脏话，男人们夹着香烟的手指狂暴地挥舞，火焰映照下一张张脸也愈显狰狞，并渐渐泌出豆大汗滴。男孩的父亲于是朝女人吆喝，催促她快点。

女人微笑，她的微笑比火焰更亮，而且倾其所有，是全心全意的，令男孩有些想哭。

阿德伯猛力摇晃高犬想把他叫醒，然而智障深深地睡着，一无所感，于是有人脱了他的裤子捉弄他，高犬立刻跳起身来发出吼叫，他不断地跳着，仿佛着火的是地面。男人们哈哈大笑，男孩也笑了，父亲对高犬表示他们要玩他的小狗了，高犬咒骂着，为躲开那将来的场面走向树林中解尿。男孩的父亲对女人点点头，示意开始。

　　男孩看见女人叉开双腿蹲于地面，两手捏着两只呜咽的小狗脖子，一只黄一只黑，起先它们在女人冷硬的捏握下可怜地哀号，像对母亲求取同情，可是女人咧开嘴模仿公狗充满威胁的低啸，小狗便闭上嘴，开始颤抖。狗儿和女人的影子随火光摇曳，山壁上小狗的呜咽与挣扎因倒影被放大更显清晰。女人抓紧小狗多肉的颈部，将它们半提起，只剩后腿站立地面，她让狗儿靠近，嗅闻彼此熟悉的气味，这股气味正在改变，男孩不知为何知道，它们面对彼此，它们是同只母狗生下的手足，可是这股气味正在改变。

　　它们看着对方稚嫩水亮的眼睛，突然间慢慢收起软弱与幼小，女人的手稳定而残忍地把握着它俩之间的距离，偶尔让幼犬们微微擦撞，或者更用力捏紧它们的脖肉，那种痛苦和不适，驱散了幼犬眼中最后的柔弱可爱，它们露出牙齿、发出咆哮，挣扎着从女人手中冲向对方。那时小狗看来一点也不像小狗，小狗也向来不知道它们是小狗，脆弱与傻乎乎的号叫只是取悦母亲的手段，指望能多吸一些奶水。可现在它们被迫显露真实面貌，山壁上小狗的影子巨大无比，如同恶兽，女人松开手，两只小狗立即滚作一团，它们撕咬并怒吼，以自身所能穷尽的最大力量置对方于死地。

男人们哄然大笑，女人拉开两只狗，将它们甩向他处，其中一只尾巴触及火焰，疼得尖叫，它们的哭声再度变得幼嫩无知，但男孩已不再相信。

父亲呼唤男孩，他的脸看上去高高兴兴，不像是要进行羞辱或责骂，所以男孩从货斗中爬出，小心地靠近男人们围成的圆圈。行走过程中，男孩目不转睛地望着女人，她坐在地上，宽大的衣摆卷上腰际。

他看见其余男人开始准备肉食，一个老人正以山泉水清洗不明动物的脏腑，他一面清洗，一面替手中的槟榔剥蒂，拿剪刀稍微剪烂槟榔，再放入嘴里吸吮咀嚼。

直到拿上篝火烘烤，男孩才发现是一只小山猪。

"山猪肉好。"一名陌生人说，"羌仔虽然嫩，毕竟还是吃草的，草味臭死人，要用麻油炒。"

"这有差，枪打肉才臭，刀子杀的一点味道也没有。"阿德伯说。

"憨吉，蛇龟现在价钱好么？"另一个陌生人问。

被称作憨吉的男人点头："一只八千，一只八千。"

"哪里找？"

"台东这里没有，要去屏东才有。"

"蛇龟也有人要吃？"

"台湾没什么人吃，都卖到外地，现在价钱好，前阵子，有人知道，去大武山还是哪里，一个月给人家抓好几只，卖了两百多万,当地人发现,就报警咧,最近没人敢去啦。"

男孩的父亲哼了一声:"你没讲,那边人报警,是要自己抓,钱不想给别人赚。"

有人突问起如何找到高犬这个养狗的,男孩父亲回答是别人介绍,高犬是以前一个狗王的后代,他们一家都患有严重的脱皮病,所以特别好认。查海当初跟他学怎么养杂种狗,结果随便养养都能上山抓猪,简直不可思议。

高犬的家族养狗有些法子,饲料方面一盆子干狗粮打一颗生鸡蛋,较好的狗种他们会到屏东碾米厂收购碾剩的边角,配上和养鸡场购买的鸡头绞碎煮成饭,一日一餐。若要上山训练的话带一包狗粮,上了山先找水源,以免狗群干渴。对他们来说,幼犬牙齿长好后便能上山,老狗带小狗,训练主要的目的在于让猎犬适应台湾山区大起大落的地形,一些较为陡峭之处,小狗不敢跳,他们或推或踹,让狗儿四肢开开像蜘蛛般坠落。

男孩聆听父亲与他朋友间的对话,父亲说赶走查海,有一天也会赶走高犬,将来可以自己找狗训练。他不久前就偷偷学了几手,包括狩猎完拿猎物的血块喂狗,让它们记得那种生鲜美味。

"你也要给狗吃皮吗?"有人笑话他。

女人坐在男孩身边,膝盖碰着他的膝盖,男孩开始打瞌睡。

"小孩子,你起来,你跟人家睡什么觉。"在父亲怀中,男孩并不觉得自己正被拥抱,那更像是一种禁锢,一种夺去他自由的宣告,尽管如此,男孩仍在女人若有似无碰触他膝盖的感受里昏昏欲睡,甜蜜的困倦透过轻触的节拍秘密传递。

"你起来,不是很喜欢听故事吗?"父亲说。

男孩勉强睁开了眼。

"高犬一家很会养狗,不知道是他们家的哪个人,特别会养杂种狗,高犬现在进口很多外国猎犬,都没有过去那只路上捡来的杂种狗厉害,那只狗,高犬家的养狗人就把它叫作'野狗'。

"野狗有多厉害,养狗人一开始并不知道,只是他看野狗在路上饿得奄奄一息,检查那只狗的耳朵和鼻吻,觉得基本条件都不错,就把它捡回家,让它和别的狗一起训练。几次上山打猎,它们总是很快找到猎物的踪迹,而由于每次放追踪犬搜寻都是一群出去,养狗人从来就不知道真正找到猎物的是哪一只狗。直到有一天他们运气不佳,准备收队之时,远方传来猎犬找到猎物时的特殊叫声,养狗人数过狗笼,发现就是野狗没有回来,他们决定前往号叫声来处查看,如愿发现了猎物行踪。后来,养狗人就知道这只野狗不同凡响。

"野狗也学得很快,它初次上山时追了一次竹鸡,当它玩回来,跑到养狗人身边,养狗人给了它一巴掌,野狗就不动了,那一次出猎都乖乖跟着养狗人,哪也不去,不追猎物也不追竹鸡。此后每一次狩猎,野狗只找体型大的猎物,你让它在附近绕一圈,它跑回来,抬头看看你,就表示这儿什么也没有。

"这只了不起的野狗最后因陷阱而死,怎么死?是这样,在野狗刚开始上山的时候,曾经中过一次陷阱,那种夹脚的,夹了就不能动,会很痛,那会野狗叫了,只是很奇怪,在他们追捕猎物的时候如果有狗因为中陷阱而叫,其他狗就会去咬它。那一次,野狗叫唤以后被其他狗咬得疼痛不堪,以至于第二次中陷阱它不敢叫,它不叫,养狗人便找不到它,这只野狗被独自留在山上几个月,很后来才让山上的人找到送回去。

"野狗失踪后,有外行的问养狗人干吗不给野狗配种,可是这只野狗再怎么厉害,毕竟也是杂种,它的后代不见得有相同天赋。没想到养狗人下山回家几天,居然发现他狗寮里面最好的一只母比特怀孕了,那只母狗生下一窝四只眼、毛色漆黑却四肢火红的小狗,全是杂种,是野狗的种。

"野狗是怎么搞上养狗人家里最会咬的母比特,这件事无人可以得知,毕竟那是花火,是专咬鼻子的斗犬。上山打猎的猎犬他们一般分为两类,一类是闻的,一类是咬的,野狗属于嗅觉特别灵敏的追踪犬,怀孕的母比特花火则是咬犬中的精英。花火有多会咬,以山猪而言,不只要把猪咬到力气尽失、动弹不得,还得会逗,追踪犬追到猎物后,咬犬上前挑衅,强迫它留在原地直到人赶来。花火是个中好手,要它咬猪,它总是直接咬猪的鼻子,让猪只逃脱不了也无法攻击,有一回,花火甚至直接把猪鼻咬掉,它是一只这样凶猛的母比特。本来养狗人想让花火和另一座养狗场的纯比特犬配种,不料却被野狗抢先一步,更遗憾的是,花火生下五只小杂种狗以后竟莫名其妙血崩,最终死亡。

"几个月过去,野狗只剩半口气的干枯身体连着猎陷被山上农民发现,送回养狗人家里,那野狗全身骨瘦如柴,只有眼睛灿亮如炬，看见花火生下的五只小杂种，嘿然一笑，瞬间断了气。

"这个养狗人啊……我猜就是高犬的老子，在埋葬了野狗几天后，他到山上查看陷阱，却不小心摔落悬崖，一条腿卡在岩缝之中，动也动不了，就和他养的那只野狗一样。他孤零零被安插在天然岩壁底下，发出的叫声从号啕到呜咽，他忽然看见自己养过的数十只狗，黑色、白色、黄色、花色的狗，在他身边徘徊不去，它便也觉得自己愈来愈是一只狗。好几个月，他坐在那里，舔它猎陷上伤肢的创口，皮肉愈舔愈少，露出惨白的骨头，却硬是不断。他看着太阳，看着落雨，看着花朵和青草，不再感到害怕。鬼狗围绕着一同舔食它，舔他身上褪落的皮屑，将它愈舔愈小。养狗人的妻儿一直没有找到他，一直没有。

"从此之后，养狗人们再也不养杂种狗了，不是杂种狗比较不好，而是有一些怪怪的事情，他们知道以后，就不会再去做。"

不知谁说完这故事，讲到最后一句，声音就再也没有。男孩仰头见父亲兀自抽起大麻，嘴唇浮溢出飘飘然的笑。

男孩开始想念货车上的同伴，那个小小人。他和父亲讲，父亲就一言不发抱他回车上，用塑胶防水布密密遮掩小货车货斗。在男孩眼中，父亲像是喜欢陌生人所说的话语，因为故事结束后，父亲抱着男孩上车的动作特别温柔、小心，他为男孩胡乱拨开货斗底部狼藉的玻璃瓶和铁制品，替他挪出仰躺的空间。

男孩在防水布下方闭起眼睛，听见不远处柴火燃烧与男人们谈笑的声音，他听见父亲回到车上驾驶座的狭小位置，和女人一起，他们让车子震动，犹如海潮阵阵，稳定且私密的频率，使男孩想起自己瞌睡时女人不经意碰撞他的膝盖。男孩伸手去摸装着小小人的笼子，听见从中传出虚弱的叫声，于是就这样地，男孩在尖锐渴望与幸福满足之中晃荡着入睡。

子弹床

男孩的梦里出现一只小猴子。

他记得这只小猴子的模样，因为在上次的打猎行动中，狗群争夺这只小猴子的尸首，将其拆得支离破碎。

梦中，小猴子裸露着没有脑壳的大脑，在七月滚烫的产业道路上游荡。

男孩醒了，他攀着一堆漂流木半坐起身，狗骨仔制成的长矛滚向他。男孩看见父亲装子弹的麻袋由于车身震动敞了开来，男孩飞快地将子弹重新装好。

他偷偷用食指撑开塑胶布，外头已经翻起了鱼肚白，天快亮了，空气里流窜清晨特有的寒冷味道。男孩感到肠子几乎打成死结，今天是特别的日子，母山猪发情了，大人们要带他去狩猎。

男孩收拾好父亲打猎时惯用的工具，抓紧胸口的衣料急切地等待，光线透过防水布愈来愈亮。

住在工寮里的男人走出屋子，塑胶雨鞋挤压地面石砾刮擦出模糊声响，脚步声逐渐接近小货车，防水布被掀起些许，男孩依旧佯装沉睡，尽管他早已因紧张而全身冒汗。车门打开、关上，引擎发动，不一会儿，他们便奔驰于男孩稍早梦里的产业道路。

防水布外的土地充斥喷了农药的干草与死去的昆虫，因种植生姜变得贫瘠荒凉的田埂，动物在其中奔驰。动物、土地和植物全缓缓成为黄色。男孩伸手抓住装有小小人的笼子，以防颠簸路程令小小人痛哭。

车子停下来时，男孩身上的防水布被粗鲁地拉开，他的父亲从他手中接过狩猎用的包裹，以眼神向男孩示意。

男孩抚摸小小人的笼子，穿起他沾有草屑的小雨鞋攀过车栏而下，见到阿强叔、阿德伯、三个他从未见过的陌生男人，其中一名身体残缺，少了左手，最后则是狗车上的少数民族女人。男孩没有预料到女人也会加入这场狩猎，他因此在胸前握紧了拳头。

今日的狗车车笼里没有装狗，反倒装着男孩熟悉的母山猪，此时它正焦躁地在笼内来回踱步，裸露的阴户流血，不时轻声低吼。其他陌生人询问男孩父亲，为何带着一个疯癫的少数民族女人，他回答如果被盯上，可以说是少数民族狩猎祭，枪是番婆带来的。

"只有少数民族才能拿枪，"陌生人附和，"可是打猎的不会是女人啊。"

男孩父亲回答"有何不可"，取腰上的猎刀凑近女人，迅速灵巧地一把一把割断她乌黑且爬满头虱的长发，男孩眼看女人的头发簌簌掉落，几近成为光头，光头上青一块紫一块，狗啃似的，女人却毫不在意，拍打膝盖大声唱歌。

"没了头发她看起来就是男人。"男孩的父亲说，"他们看起来都一个样，男的女的也没差别。"

大人们开始安排一整天的戏码，大部分的套绳陷阱已被设置在山谷低地，母山猪拴在陷阱附近，借由山谷间环绕的秋风传递雌体的成熟气味，男人们则在山顶静待，各拥一把土制猎枪。

他们说只有少数民族才能拿枪，而男孩并不是非常明白，毕竟他从懂事以来就看着枪支零件从拆卸的后车灯内被抽出，组装成沉重武器。他抚摸木制枪托光滑温润的表面，看着弹药从折裂处滑入枪管。男孩的父亲组装自己的中折猎枪时，男孩心存希望地悄悄窥视他。男人表现得像是浑然未觉，从衣袋里掏出橡皮筋圈住的一束冲天炮交给男孩。

大人们分配好埋伏的地点，男孩跟着父亲、阿强叔与女人前往制高点，这是意外的惊喜，男孩极尽所能想在移动时与女人并肩，同时也希望有机会碰触父亲扛在肩上的猎枪，以至于男孩二者兼失，落到了队伍后头和阿强叔一起行进。

阿强叔问："你啊，长大以后想当什么?"

"当什么?"男孩问，"什么?"

"就是你以后想成为什么样的人。"

男孩伸出手，在空气中比画了一下抓握的手势，无人得以明白，男孩改换竖直食指、拇指，收拢剩余三指，随之扣动拇指。

男孩没有使用言语表达自己将来想成为开枪的人。

阿强叔摇着头说："跟你爸一样。"

男孩的手在半空中簌簌落下。

他们来到视野良好的俯卧处，此地可由上往下一览无遗山谷间的景色，男孩暗数他们埋藏陷阱的草丛与其他人选定的藏身地点。母山猪状似悠哉地啃咬姑婆芋叶，摆荡着阴户上方的尾巴，父亲说母猪的味道会传达很远，他们所要做的只是耐心等待。

阿强叔点了根烟抽，男孩的父亲拒绝递过来的烟，说："被猪闻到就不会有猎获。"

沉默之中，男孩确实嗅闻到某种奇妙的气味，他属于儿童敏锐的视觉看见一只雄猪缓慢地在芒草间移动，恰恰好是在一处套颈的猎陷几英寸外，男孩想，那只猪肯定是闻到了人类的味道，所以它很犹豫，不知道是否应该继续前进。

一只手强劲地按到了男孩肩上，父亲低沉幽暗的声音对他说："不要动弹。"随后猎枪枪管从男孩肩上探出。男孩眼中公猪仍持续以微小的动作试探着面前疑点重重的空气，男孩知道，假如猪打算逃跑，父亲就会开枪。正在这时，来自后方的阿强叔突然爆出一声大喝。

男孩吓了一跳，男孩父亲亦然，而公猪更是吃惊地往前冲刺，阿强叔的爆喝像子弹般击碎了公猪的犹豫，它撒腿奔跑，终于一头栽进陷阱里，男孩的视线中只能看见猪只在长草中猛烈挣扎的皮毛了。

"好啊。"男孩父亲骂了句脏话,"抓到一只,其他都被吓走。"阿强叔耸耸肩,爬起身坐在一旁黏满青苔的大石头上。

男孩便望向父亲。

父亲正聚精会神于山谷的猪只,他的手指戒慎地扣住扳机,男孩忍不住也因此攥紧了口袋里的冲天炮。他的冲天炮贮藏火药的硬壳是黄色的,男孩从未有过红色壳的冲天炮,他的父亲总是采用红壳冲天炮的火药填充弹筒。

火药、卫生纸、铅、卫生纸、底火,是构成子弹的基本要素。男孩的父亲有时会对着他轻声念诵,男孩默默记得,有一天,他会拿到红色的冲天炮,有一天,他会得到属于自己的猎枪。

男孩的父亲望着山谷,这一刻,风的方向改变了,他似乎从中嗅闻到一丝令人战栗的气息,吁出长长的一口气,转过头,对着男孩脚上的黄色雨鞋说道:"你是不是很想开枪?"

男孩说:"对。"

父亲指示男孩趴俯着凑近自己,让他安全地待在成人散发汗臭且潮湿的胸怀。

男孩的父亲一一告诉,他的手指应该放在枪的哪里,他的眼睛应该如何凝视,以及他要怎样瞄准猎物。

这对于男孩来说是珍贵的一刻,因为父亲仔细地为他解说一切,充满耐心。父亲的手掌宽大温暖,指引男孩笨拙的动作,也为此轻轻地取笑。

"我有没有跟你讲过子弹床？"

男孩摇头。

他的父亲于是说，瞄准很远的地方开枪，也许瞄准海，在没有任何目标与阻碍的情况下人会不知道子弹什么时候停止，可是子弹总是会停止的，会落到地上，子弹落下的地方就是它选择休息的地方。把子弹拿起来的时候，地面上留下一个特别的凹痕，那个凹痕就叫作子弹床。

当然，现在他们用的子弹其实不是真的子弹，而是散弹，类似于古早的弹丸，里头填塞了铁钉或钢珠，杀伤力强但射程不远。尽管如此，向着虚无瞄准时，猜测里头的填装物能飞行多远，对他们来说始终是个有趣的想象。

男孩听得入迷，扣住扳机的指头冷不防一紧，山间顿时回荡着燃烧的枪响，火药气味流窜过男孩手指，瞬间的闪光仿佛刺进男孩的耳朵，让他嗡嗡耳鸣。男孩在寂静中飞向三米外，他抬起头，见到父亲喷吐唾沫的盛怒脸孔，男孩面朝地将鼻子埋进青草。

阿强叔以无线电和其余人报告突发状况时，男孩慢慢地从地上站起身子，拍除薄夹克外部沾黏的草叶，不敢看女人或阿强叔。男孩想要自杀，他此时尚不明白那是什么意思，他真正想要的其实是无痛的消失，然而没有任何他所知的词汇用于描述这种不太血腥的遁逃。男孩想着词汇，想着就和自己终于得以开出的那一枪一样，他似乎永远无法瞄准红心，也再没有机会找到答案。

男孩离开埋伏处，漫无目的地前行，此时在他身后，一串串鞭炮似的枪响此起彼落，想是交配的季节公猪都已按捺不下，纷纷群聚至这多雾的山谷。

男孩开始奔跑，同时以打火机点燃冲天炮沿途发射。过去他们也用冲天炮赶猪，直到四周没有警察，后来冲天炮反倒成为调虎离山的掩饰法。他相信父亲即便现在生他的气，将来也会为了自己聪明施放的几支冲天炮重新接纳他。是以在太阳下山的傍晚，男孩怯怯走向大人们约定最终处理猎物的地热源头。

那儿之于当地人来说是隐秘的场所，接近山下人酷爱前往的温泉区，坐落于此的工寮因而弥漫一股浓烈的硫黄味，山雾与热气氤氲交融，致使工寮边工作的成人面貌模糊，男孩必须走得更近一些才能确知他们究竟是否为父亲及其同伙。

男孩站在已然死亡的猪只旁，陌生人与阿德伯以小刀刮除猪只体毛，男孩的父亲则不时拿滚烫的温泉水浇灌，方便剃毛的动作。他们工作得如此专心，以至于谁都没有看男孩一眼。狗车上的女人坐在狗笼里，她朝男孩咧嘴微笑。

剔除所有毛发的公猪表皮苍白，并且由于处理速度不够快，排泄处已经泄漏粪便，硫黄混杂一股兽体的恶臭，男孩看着阿强叔用强力水柱冲洗猪只的肛门。接着，大人将猪放在平面上开膛剖肚，一根一根摘下肋骨，割除阴茎和睾丸，削断头颅，露出在空气里微微颤动的灰色脏腑，那让男孩感到惊奇，一副皮囊居然能够容纳如此丰富的器官，新鲜又带着湿意，闪闪发亮。男孩注视阿德伯依序摘除肠胃肝肺与深色的心脏，剩下柔顺乖巧的皮肉。

此时，男孩的父亲瞥了他一眼。

男孩吞咽唾液，想起稍早陌生人探问父亲饲养猴子的事情，他知道父亲眼神意味的东西，他微微发抖，用力想有什么办法能够推迟自己不可避免的惩罚。

他想着梦、女人，还有即将失去的小小人，他想着群山间荒凉的黄色。

男孩偷偷爬上蓝色小货车，防水布被指头撑起一缝，黑暗中，小小人的眼睛散发萤绿光芒。他们相对无言。最终，男孩取出装着小小人的笼子，趁着大人们分配猪肉的时刻前往不远处的产业道路。

一轮明月之下，男孩打开笼子，怂恿小小人走出笼门，起初小小人犹豫不决，四肢着地缓慢爬行，几分钟后才慢慢站起，两腿直立。

男孩看着比自己更小的小小人，在阴暗的产业道路上摇摇晃晃地走远。

八月的鬼

七月的酷暑之下，孩子们站在太麻里中央唯一的街道上，向尽头挥手。那条路是如此笔直，孩子们的目光又因汗水如此湿润，以至于整条街几乎是模糊不清的。道路两旁的龙眼树与路的本身冒着扭曲的烟气，接近地平线的末端也因而融化了，形成水泽般的光景。一名行走于水面的男人踽踽独行，孩子们挥手挥得更起劲了。

小多、妹妹和拉厚克正猜测这个男人是谁，一个说是小混混，一个说是修理汽车的工人，一个说是剑客。妹妹后来改口说应该是游行到了，引来其他孩子的讪笑，他们称妹妹是"骗人精"，笑最凶的是她亲哥哥凯凯，毕竟游行怎么可能只有一个人呢？小多和拉厚克企图维护同伴的自尊，义无反顾地和凯凯打了起来。

不打架的其他孩子之中，有人说是幻影，是光线偏折导致的海市蜃楼。接下来几分钟，孩子们凝视幻影愈走愈近，近得可以看见他颧骨沾染的汗水、眼角的皱纹以及苍白的手指间夹着的一块柠檬黄手帕。

起先没有人说话，没人愿意率先打破这个大伙一块想象出的幻影，但到了后来，谁都撑不住了，叽叽喳喳地问着"你是谁""你从哪里来""你是干什么的"。至于那位频频拿手帕抹汗的陌生男人，一时之间似乎被这些单纯的问题难住了，只得讷讷地对孩子们介绍自己，他姓林，是一名医生。

孩子们脸上出现了极度失望的表情。

因为医生非常诚实，孩子们觉得一点意思也没有，便一哄而散了。

三天后，太麻里居民在一间荒废的组合屋外发现奇怪的事，透过那扇安有钢铁握把的玻璃门，他们看见组合屋内忽然装满了冷气、药品以及所有开设诊所应该具备的东西，而要是将这间屋子拿到半空中晃一晃，林医生就会从那扇玻璃门内掉出来。他是冷气、药物气味与黄手帕的混合物，除此之外好像没有思想与灵魂，他的到来突兀又不合逻辑，偏乡小镇从来就不是一名医术精湛的医生会优先服务的地区。

外地来的陌生人带给孩子们的兴奋感已经消失，尤其他是个医生，孩子们听见医生的名号，便感觉幼儿时打的预防针疤痕正隐隐作痛。此外那间曾荒废的组合屋，据说是在严重的"八八风灾"后建造而成，坐落之处原本是墓地，太麻里几个受灾户分配到了组合屋，没住多久却发生闹鬼的逸闻，于是又纷纷迁居别处。组合屋成为鬼屋，如今又成为看病的诊所，它不断变换的身份带给孩子们狡黠、阴险的感觉。

小诊所一开始没有太多病人，崭新亮丽的玻璃门与闹鬼的传闻似乎将其自身隔绝于整个太麻里之外，居民们隔着那层玻璃观察医生与诊所内部：他们看见的是普普通通的挂号柜台、看诊间和外头的等待区，等待区旁有一整列挤满书堆的柜子，绝大多数是儿童绘本、漫画与故事书，林医生收藏的几本文学著作——马尔克斯、博尔赫斯和吉卜林的书陈旧、平稳地悄悄支撑着书柜里大开本儿童读物的竖立。这些书带给拉厚克、小多与妹妹一种奇怪的渴望感，和他们对于鬼屋的恐惧寂然并立，说不出哪一方更强烈些。他们家里从来没有图画书，这些书和学校图书馆里被翻烂的儿童读物又截然不同，它们几近崭新，边边角角泄露出的彩色图案精致又美丽，像糖果上的包装纸，拉厚克和小多对妹妹形容那些书看起来有多好吃。

夏日特有的沉闷与黏腻渐渐麻痹众人，对林医生与小诊所的陌生恐惧也渐渐随着汗液被代谢掉了，某些太麻里居民留意到自己肚子有点"怪怪的"，或者务农时受了皮肉伤，以及上山途中摔跤，背痛得弯曲如猫，这些人一一地走进小诊所里，局促不安等待给林医生看病。

由于小诊所在补助下得到偏乡服务的认可，林医生总要一次一次不厌其烦地向看诊的患者表明无须诊疗费用。老人们耸起无牙的笑容半是不解地离去，下回看诊还是再问一次，以确认是否真的不用钱；小孩子则将林医生赠送的贴纸满满地黏在脸上，"咻"一声跑掉；女人会和林医生闲聊，斤斤计较只希望可以得到更多免费的止痛药。

拉厚克的母亲巴奈在小诊所里上班，她曾在一间公立医院担任药师，林医生请她负责挂号预约以及药品订购的工作。拉厚克过了足足半个月才知道这件事，那会巴奈正打算带儿子去请医生做健康检查。

拉厚克当然反抗到底，还羞耻地哭了，巴奈脸上丝毫没有怜悯，明显已经毫无耐心，她说拉厚克你啊，以后阿美族的勇士却这么胆小呢！随后拖着拉厚克离开家，将他半抱半扯地拉了一整条街。

勇士拉厚克被拖着走的过程，妹妹和他的哥哥凯凯、家里开杂货店的小多都见证了这一幕，母子两人满身大汗，身上沐浴着一道道流淌的阳光。当他终于被安置在小诊所里的等候区，拉厚克吸吸鼻子，由于满室生凉的冷气打了一下哆嗦。

"小孩子夏天要注意的是中暑。"神游的拉厚克最后听见林医生对母亲这么说，同时医生将一件外套搭在他身上，并摸索冷气的遥控器按了几下。

医生又说："和感冒的症状很相似，多补充水分，不要过度曝晒，除此之外目前没什么问题，他看起来很健康……"结束后医生给了拉厚克一张小鸡图案的贴纸，巴奈交代拉厚克自己回家，随后他被推出玻璃门，硬生生撞在一团热空气里。他愣了足足有半晌，不知何去何从，直到小多与妹妹牵手走向他，凯凯嫉妒地站在远处，而拉厚克的两个朋友推挤他的肩膀，将他像英雄般簇拥。

彼时，林医生的小诊所迎来崭新一日的社交人潮，方生产完的鲍博雅，丈夫去年出海捕鱼就没再回来。"台风啦！"鲍博雅说，她肚里的遗腹子是个小女孩儿，习惯一种摇晃的安定，鲍博雅得抱着她，不断地摇，一旦停下来女婴仿佛便感到疼痛与晕眩，随之哇哇大哭个没完。小女孩儿是羊水里的小小船长，直到现在，不得已在陆地上消磨宝贵生命，鲍博雅要不断地摇晃臂弯，充当那片片海浪，这可把她给累坏了。

小诊所周遭一户姓辛的人家，在外头经营刨冰生意，起先对林医生投以怀疑的目光，直到家里的两个孩子为了林医生的彩色贴纸潜进了诊所，辛太太只得亲自上门抓人，一面和巴奈聊起来，她那两个孩子分别叫小小和小大，以此简单地区别长幼。

再来是家里种植苎叶的陈老婆子，她是客家人，总光着脚从上坡走向下坡，走向下坡底端林医生的小诊所。她花了很长的时间观察诊所内等候看病的乡里居民，透过那片玻璃门，想象在盛夏着实可贵的冷气有多么沁凉舒适。陈老婆子牵着她的小孙女爱子，无论去哪都让她先打头阵。爱子年约六岁，天不怕地不怕，她的名字由陈老婆子所取，为了纪念自己在台湾光复后随日军撤退的父亲。爱子冲进小诊所里欢快地跳跃，向着外头的奶奶高喊："很凉耶！真的很凉！阿嬷快进来！"

起先陈老婆子不好意思，故意把小孙女骂得狗血淋头，几次以后便堂而皇之到小诊所里吹冷气，再后来，干脆把整篮的荖叶都带到诊所里做起堆叠的活儿，候诊的人绝大多数认识陈老婆子，等着看病也挺无聊，便纷纷帮她叠叶子。林医生慢慢意识到，他诊所的等待区已经成为太麻里三姑六婆们聚集聊天的地方，在这燠热的季节，她们喜欢聚集起来，聊着天气、作物、孩子和一场即将到来的游行。

没人知道那是哪里来的游行，也没人知道那游行的意义，这消息就像七月里的南风一样从远方来，缠绕住依山傍海的小地方。

陈老婆子娴熟地将叶子叠得紧实，随后拿一把生锈的剪刀把湿润的蒂剪掉。她听人家说自己不懂的事情忍不住也要插嘴，就叨念着："游行要走路啊，腿会酸，上次进香团人家要我走，我都不爱走。"其后又催促小孙女去找本故事书看，不要烦她。

辛太太沉默不语，她的目光紧盯两个孩子，小小吮着脏兮兮的大拇指，在地上把断裂的叶梗排成一列；小大和爱子正抢夺同一本故事书，一不小心，故事书被撕坏了，林医生上前拿走书，小大高喊："我才不要那本破书！"

他跑出诊所，被迎面而来、脸上贴着小鸡贴纸的拉厚克打了一拳，两人在地上滚成一团，巴奈赶忙出去，和辛太太一块分开各自的孩子，这时有新的病人越过诊所外的小小闹剧走进玻璃门内，爱子立刻迎上去，二话不说拉着那人的手到等候区，要他帮忙叠叶子。

林医生手中拿着书，等了一会，发现没有人留意自己，便拿着破损的故事书回到看诊间。那本书上用原子笔画有稚拙的涂鸦，林医生将故事书收好，等待下一名病人。

　　凝视在他面前来来去去的太麻里居民，林医生总好奇他们什么时候会认出自己，纵然就连他也不认得所有来看病的镇民，起码这儿曾是他的故乡，风灾过后建起的组合屋有一幢也是他的。自从他的小儿子死去，他再也没有回来过，直至这个夏天，他忽然觉得这是个与那一次同样的夏天，融解的街景、静止不动发亮的树梢以及化为白噪音的蝉鸣，甚至，就连那些在街上朝他挥手的孩子们也和他离开时一模一样。

　　送走最后一名病人以后，林医生往往会沿着傍晚的街道绕太麻里走上几圈，这是他对过往回忆的巡礼，也是向所有至今已不认得他的居民们投以无声的询问；天主堂里清扫落叶的瑞士神父、贩卖农药的中年男子、邮局里的临柜人员回应他的目光总是遥远而疏离。至于主街尽头一座有花园的屋子，花园已是荒烟蔓草，林医生记得那是他小学同学的家，小学同学长得比常人高，高得畸形不成比例，年幼时大伙嘲笑他，林医生也笑过，十多年以后听说他在车库边上吊自杀了，旁边是他为一双儿女安置的秋千。小学同学成年后长得甚至比车库更高，却选择上吊的死法，他站在地上吊死了自己，一双大脚在水泥地面上擦来擦去，孩子们的秋千也跟着晃来晃去。

　　林医生回到小诊所时，敷着阳光的柏油街道在诊所前咧开一抹微笑，孩子们四处奔跑玩耍，冷气机在滴水，而金色的蝉鸣闪闪烁烁，林医生深深吸了口气，看见柏油街道尽头，一名年轻女子轻快地走在光里。

太麻里主街上有一名无家可归的少女，孩子们称她为哑巴公主。孩子们什么也不懂，就觉得哑巴公主听起来太好玩了。毕竟少女将整个太麻里当作任意游荡与休憩的地方，大摇大摆的神态还算担得上公主的名号，她走到哪身边都跟着一群小小追随者，孩子们为她高歌。当哑巴公主在角落屈起身体、环抱膝盖防备地瞪着那群小小人，像一头受困负伤的山羌，通常妹妹的哥哥凯凯会率先打破他们环绕着公主的寂静与紧绷，他是孩子王，冲向公主作势要对她干些什么证明了他的权力。小多、妹妹和拉厚克不讨厌这种戏码，每每凯凯在街上叫嚷着"那个公主！那个哑巴公主在这里！"，他们也和其他孩子一样热爱寻找刺激，这游戏他们已经玩过太多次了，每一次都乐此不疲。

　　凯凯冲向公主时，她会甩开手臂，用力地击打自己的膝盖与大腿，发出"哦噢——哦噢——"的呐喊，像动物的叫声，很难相信是从一名少女喉咙里发出来的。孩子们因那声音的怪异急速撤退，脸上掺杂惊慌与兴奋，凯凯则会边跑边叫："情妇！你爸的情妇！"小多、拉厚克和妹妹谁都不知道情妇是什么意思，只晓得每当公主听见这个词，漆黑的眼中会闪烁深远的光。为此，他们深爱哑巴公主，其他孩子或许也有同样的想法——公主是太麻里唯一会认真且全心全意回应他们的大人。

　　当然，孩子们的父母不明白这点，他们竖起食指禁止孩子跟踪公主，真让人心碎不已。反观公主，失去那些小小的追随者以后她拖沓的脚步变得轻快，显然非常喜爱失而复得的自由与清闲。

妹妹、小多和拉厚克却发现了一件秘密，假如被大人们发现肯定会引起巨大恐慌，即是孩子们被禁止跟踪公主以后，哑巴公主仍有一名沉默的爱慕者。

最开始林医生只是会在小诊所的休息时间到街上散步，他绕着圈子，时不时更换一下路线，仿佛对太麻里的每一件事物都充满好奇心。但后来，林医生散步之中跟随哑巴公主的一举一动，远远地像看着太阳一样眯着眼看她。林医生是如此专注，以至于他没有发现被禁止跟踪哑巴公主的孩子当中，有三个孩子钻了漏洞，改为跟踪林医生。

在这场他们跟踪医生跟踪哑巴公主的神秘活动中，妹妹、小多和拉厚克了解到哑巴公主并不像其他人所以为的那样，因脑袋受伤影响了智力和口语表达。小多、妹妹和拉厚克曾听她讲话，在深夜，对着山巅，温柔地、甜蜜地讲述对他们几个孩子来说过于冗长的语句，尽管他们一个字也听不懂，却为那句子中璀璨的美丽词句深深着迷。其他时候，哑巴公主浑身脏污，黑色长发几乎触地，几只鲜红的头虱在她的头发里上上下下地流窜，好似音乐课本里的音符。她终日在街上游荡，市场里有谁愿意给她点吃的，她面无表情毫不感谢地攫取。除此之外，每隔一段时间哑巴公主身上的衣服会更替，妹妹认为公主有一位忠实的仆从照料着她，只是从来没有孩子见过。当妹妹这么声称，凯凯质问她怎么知道，妹妹安静下来，凯凯推了她，妹妹才说因为公主是游行队里要角，她的仆人是一名剑客，很快就会赶到太麻里，同时带整列游行队伍来接走公主。

妹妹说完这些，附近听见的孩子哄堂大笑，他们都知道妹妹在说谎，全太麻里啊，妹妹是仅次于公主最无知的傻瓜，因为她年纪尚小，又是个天生的瞎子，若不是小多和拉厚克愿意带她玩耍，根本没人会接受她。偏偏妹妹从不示弱，为了表现自己并非一无所知，她染上说谎的恶习。特别在游行这件事上，妹妹不知从哪个大人口中听来消息便自顾自地传得绘声绘影。她是第一个知道游行将至的孩子，并且出于某些古怪的原因，她将游行想象成一件自己从未见过、最不可思议的东西，集所有的甜味、山雀鸣叫和森林里海桐的清香于一炉，融造出她对"游行"一词的详解，以及一连串与之呼应的故事情节。小多和拉厚克倒乐于纵容她讲述那些幻想，反正他们也不真的清楚游行应有的模样。

关于游行，有人说是季节不对的炮炸寒单爷，有人说是知本废弃游乐园来的马戏团表演，最可靠的说法则是反核大游行，这是家里开杂货店的小多偷偷在乡长跑来买啤酒，顺便跟爸爸寒暄时得知的秘辛。但他从来没有对任何人说过，除了妹妹，毕竟他并不知道什么"翻河"，而妹妹已经自视为神秘游行的代言人，小多爱着妹妹，所以他只将这消息告诉妹妹一个人，甚至连拉厚克也没有在第一时间内知晓。

但无论是什么，孩子们只知道游行就是玩耍，是狂欢，有各种穿着奇装异服的人蹦跳地演奏乐器，像林医生一样从这条笔直的柏油马路另一端踏着闪闪发光的水泽而来。而后妹妹告诉大家，游行队将在八月时抵达，在这之前他们依旧要站在马路上练习欢迎的挥手动作。她说不出确切的日期，孩子们便感到期待又厌倦，每一次练习挥手都让他们想到自己曾经把林医生踟蹰的身影当作神秘游行的一部分。只是那会就妹妹大声说出了大伙的心声，当她大声地说了出来，所有孩子松一口气，将对自己的痛恨转移到妹妹身上，他们毫不留情地嘲笑她。直到现在，他们又玩在一块，一同盼望着沉闷生活里少有的乐事，他们在马路边上又叫又跳，比赛谁演出的狂喜样子最像真的。

　　每个人都盼望游行来临，有个孩子对此却一点儿也提不起劲，说来奇妙，这孩子就是告诉了妹妹游行消息的杂货店老板儿子小多。妹妹和拉厚克兴高采烈练习挥手时，他垂头丧气、喃喃自语地坐在林医生的小诊所前把玩地上一颗颗滚烫的石子。

　　七月的阳光把他晒得发晕，脸上一颗颗青春痘又红又肿，让他疼痛不堪。和他的两个小伙伴不同，小多经常是安静的，而且非常喜欢读书，在学校里，他的绰号是书虫小多，和虫有关的昵称让他更觉得自己丑陋不堪，毕竟谁小小年纪脸上便长满了青春痘呢？面疱使他看起来恐怖极了，因为如此，他将看不见的妹妹当作自己最好的朋友，拉厚克只能排第二。

　　游行的消息还没传开来时，小多总在夜晚悄悄带妹妹到海边看星星，过去那是妹妹最喜欢的消遣。想当然尔，妹妹无光的眼睛无法反射出任何星群的颜色，但小多可以形容给她听：星空就像同时用舌尖轻触一百颗可乐糖。这对于嗜甜的妹妹来说永远是最好的形容，而妹妹对数字的概念只到一百，那还是有一回他和拉厚克一齐拉着她的手数过新采的金针，她才知道

"一百"是什么意思。

小多和妹妹一块的时候，就能满不在乎地挤痘痘，不必担心有人会嫌他脏，每一次小多和妹妹并肩躺在沙滩上，他们说话说到无话可说，小多便穷极无聊地开始挤痘痘。小多并不知道自己挤痘痘制造出的细小"啵叽"声，听在妹妹耳里产生了一种古怪的意味，好似她替家里人剥豌豆时带给她的奇异满足。

有一回，妹妹听着那啵叽声，想了想，觉得实在太喜欢、太爱也太兴奋了，她轻轻喘着气问小多："那是什么声音？"

当小多反应过来，理解妹妹指的是他挤痘痘的声音，小多就忍不住要敷衍地唬弄她。

"那是我在指挥星星的声音。"小多说。

"真的啊？"

"没错。"小多继续讲，"你不是很爱唱'一闪一闪亮晶晶'？星星会一闪一闪，每颗星星发光的速度都不一样，但是我很聪明，我可以算出星星发光的频率，然后我手这边挥过去、那边捏一捏，星星就好像因为我的手在发光，它们会发出啵叽的声音，流出白色的光。"

小多说完这些，发现妹妹并不理解他话语里关于亮光的句子，但非常着迷于啵叽的声音，所以后来他们一块看星星时，小多都会酣畅淋漓地挤痘痘，发出那种特别的啵叽声。

小多一直怀念他与妹妹看星星的日子，可是游行的消息传出以后，妹妹就不再与他看星星了，她和拉厚克总是在练习欢迎的挥手，她和其他孩子打成一片，一伙人臭烘烘地欢呼雀跃。

小多不想参与，他眯着眼，露出一种夏日特有的怠惰昏倦，这时候任谁叫他他都没有反应。"太热了。"他用衣摆抹脸，闻到自己身上浓烈的汗臭。他怏怏地说："好热，我才不要去哩。"

八月将至，家家户户进行中元普度，空气中弥漫徐缓沉重的焚香与金纸气味，后来总有些老人说，就是这股气味引来不干净的东西。对此，年轻一辈嗤之以鼻，殊不知在此时节，万般理由皆有可能，往往连活得最久的耆老都想不到。

八月前一天，太麻里吹起了焚风，吹进妹妹小巧的耳窝里，她又听见了关于游行的消息，蹦蹦跳跳摸索着家具冲出屋子。炙热的感觉曾经令她绝望恐惧，因为那是如此充满，让她无从躲避，但时间久了以后，她已经习惯一头栽进热气里时皮肤的张弛。她尖叫着，向街上所有人宣告自己的到来，然后迈开步伐全力奔跑，她什么也不怕，所有人都站在路上等她撞过去，她这边撞一个人，那人温柔地将她转向另一边——修正她的路径——她再接着狂奔，再撞上另一个人，那人将她抱个满怀，旋转一圈拍拍她的小屁股，鼓励她跑得更快。妹妹就用这种方式跑到上气不接下气，直到恰恰好撞上小多或拉厚克，他们会牵住她的手，带她去触碰、聆听、嗅闻或者品尝一种新的东西。

妹妹全力奔跑的同时，八月前一天的这阵风夹带不同以往的高热，像一个黄色的幽灵跟随妹妹飞越太麻里街道，轻抚冒泡的柏油路面与干燥的水泥墙，最后纵身横越邻近大街的一片原始林，只一瞬间，便诞下一卵星火，在柔润的绿叶上咬出小洞。焚风环绕太麻里,一次、两次、三次地盘旋,终于将一株百年的光叶榉树吹得巨亮,周边的树木如同感染般随之燃烧,几个恰好在附近做工的中年人见状又是找水桶又是打电话,焦急地逢人就说:老鸡油[1]烧啦,真可惜!

消防队员开着灭火车赶来前,妹妹仍未放慢自己奔跑的脚步,起火点令太麻里温度升高,对妹妹来说却是温水般的舒适,她向燃烧的树林踏步,小多和拉厚克一发现赶紧捉住她,制止她冲向灾害现场。太麻里的其他孩子们得知后全跑去看,老鸡油亮得像一座高塔,他们看啊看,直到大人们追过来把小孩子赶回家里,妹妹仍惊慌地问着"怎么了?怎么了?"。但没有人回答她,大人忙成一团,取水桶、接水管,小孩子隔着窗子看哑巴公主在树下"哦噢、哦噢"地大叫并舞蹈。消防车灭火灭到夜幕低垂,通过皮龙窜出的水柱形成鬼样的蒸气,妹妹依旧问着无人回答的问题。

百年的老木头烧了整整三个夜晚,还没烧完,整个消防队都放弃了,当地居民也逐个卸下心防,火势至少被控制在这棵老台湾榉身上,烧起来也很漂亮。消防队员们为了以防万一,在燃烧的光叶榉树附近设立泡茶站,入夜后,他们守在星火飘落的光荫底下喝茶闲嗑牙,不时绕着树踱圈子,以免火势悄悄蔓延。小多、拉厚克牵着妹妹去感受气氛,光照耀在妹妹面颊上,孵出两团腮红,触手滚烫,小多与拉厚克摸自己的脸,发现也是一样,当时太麻里所有的孩子都去看过这棵树,都在面

---

[1] 老鸡油,即光叶榉,木材刨光后,表面仿佛涂过鸡油而有此别称。

颊上留下一双暖洋洋的腮红，甚至是鲍博雅的女儿也被抱着凑近。第四天结束时，老鸡油身上的残火被强力水柱击溃，孩子们捧着双颊逃走，那时没有人知道，寄生在他们身上的热已有了新的生命，夏季依然沉闷地持续。

第一个发现不对劲的还是林医生，在太麻里刚进入八月，老鸡油烧剩的木炭充了公的时候，林医生坐在冷气机轰轰运转的小诊所里修补那本被孩子们撕毁的图画书。他透过玻璃门看见诊所外叠石子自娱的小多脸上有着可疑的红晕，他把小多叫进诊所里，简单地检查后便让他回家去。再过几天，许多孩子都被要求进行例行性的健康检查，他们嘻嘻哈哈彼此推挤，鱼贯走进看诊间。林医生慌张地应付每个孩子，并且在检查结束后花时间向孩子的父母解释状况，就这些居民们平日极少上医院的习惯来看，他们只依稀弄懂林医生在说：孩子生病了，是一种暑热症。

大部分得病孩子的母亲为此惶惶不安，但父亲普遍认为任何病都是跑一跑出出汗便会痊愈的"小感冒"。尽管如此，爱子心切的母亲仍在丈夫出门工作时固定带孩子回诊所复诊。

林医生所得到的第一个病例是鲍博雅的女儿，她才三个月大，初期症状是发烧、咳嗽、闭汗与多尿，偶尔会出现四肢挥舞、无法制止的行为，鲍博雅将女儿放在诊疗台上，那小女婴挥动四肢的方式就好像在一望无际的大海里游泳一样。

林医生开了简单的药方，让鲍博雅带女儿回家，同时千叮万嘱别让女儿碰水，尤其是泡澡，林医生自知这是他做过最古怪的诊断，但他也有一种直觉，认为这是无比正确的诊断。

林医生工作之时，其他孩子都好奇地围在外头。看见小女婴，孩子们就像看见了过去时的自己，他们的幼年时期。而在这些孩子里，是孩子王凯凯率先看见了无人能见的景象：小女婴作势泅泳，她四肢划过的空气引动波澜，她柔软纤细的头发随风飘摇，仿佛潜沉水中。

小多、妹妹和拉厚克幸运地没有患上这种暑热症，生病的孩子通常会脸红，伴随咳嗽与发烧的症状，小多的红脸颊只是由于面疱的缘故，他们无趣地观望小诊所一会，发现没什么意思，便早早离开了。

孩子们接二连三候诊、接受诊断，最后被父母带回家。歇业后的小诊所空荡荡，林医生立刻将冷气温度调得极低，以至于小诊所内自顾自地独立为迥异于外界的另一重空间，好似某种对夏季酷热以及暑热症的抗争。林医生也想：这暑热要袭击孩子们弱小的身躯，可得先过了他这一关才行。

林医生给自己倒了一杯便宜的蓝爵威士忌，从儿童书柜中取出以透明胶带黏妥的图画书，试着翻动纸页。这本书曾是他死去的儿子最喜爱的读物，内容讲述海洋里住着一只喙鲸，它有一个看不见的好朋友，由于它无法向任何生物证实自己有这么一个好朋友，它渐渐地失去了鬼头刀、飞鱼、秃头鲨这些实际存在的朋友们的信任，它渐渐变得孤独。那位看不见的朋友见喙鲸如此悲伤，便决定向它证明自己的存在。

有一天，喙鲸看不见的朋友邀请喙鲸与自己一同靠近海面游泳。顺着温暖而强劲的黑潮，喙鲸与它的朋友一同跃出海面，这时，喙鲸在波光粼粼的璀璨中看见了它的好朋友，蓝色且巨大，原来它是一只由海水组成的鲸鱼，它在阳光的照耀下闪闪发光，美得炫目，就像一个梦。喙鲸再度沉入水中时，感觉自己被同伴包裹、保护着，它不再怀疑自己拥有一个不可思议的好朋友，并且它们将会永远在一起。

林医生把故事书放回书柜里，小诊所内阴暗地回荡着冷气机运作的声响，玻璃门外的阳光尖锐地戳刺诊所内辽阔的阴影，忽然间，林医生痛苦地想起他的儿子，在同样燠热、让人渴望海水的这个相似的夏天，一场台风诱骗一艘废弃客轮悄悄出航，那艘船上怎么就刚刚好载着他年幼的儿子呢？在林医生的心里，总觉得儿子是出于自己的心愿变得通体冰凉、湿湿润润、嘴唇发蓝，当海巡队将儿子拉上岸，他看见儿子变成他最喜欢的故事里那只孤寂的喙鲸。

林医生感到一阵晕眩，他按着桌脚稳住自己，下意识为这股突如其来的眩晕寻找病因，好一阵子过去，他才想起这并非疾病，只是悲痛。

孩子鱼贯走入林医生诊所候诊的日子便在夏日的推移中逐渐成为历史，然而这并不代表孩子们全然健康，相反地，这好发于小儿的暑热症以前所未有的强势占有他们年幼、轻忽的身体。太麻里有耆老说是当初从南方而来的焚风使然，焚风幻化的黄色幽灵点燃光叶榉树以后，随余热托胎在孩子们双颊的红晕里，其后完全长成为暑热的症状，成为一种疾病，于是街上充斥孩童的咳嗽声与他们病恹恹的身影。孩子们的父亲向来大意，满不在乎继续他们农园里的工作，母亲们则继续驻扎林医生的诊所，将担忧融入长时间的絮絮叨叨，这段时日，任何药物都对孩子们的暑热毫无作用。每当有孩子在林医生附近咳嗽一声，总能叫他心头一震。

相较之下，孩子们却秘密地发现了这不可思议的暑热症能为他们带来一场无比古怪的游戏。

那日，孩子王凯凯一如往常率领一干跟屁虫前往正值暑假、空荡荡的小学，他们围坐一圈，说起已经讲过许多许多次的鬼故事：自然科教室的标本里浸泡的动物内脏在半夜蠕动发光，社会科教室的巨大地图板后方藏匿尸体，孩子们玩耍的游乐场经常在无人时分回荡幼儿的欢笑。

他们轮流说着鬼故事，直至夕阳走过山头，他们仍然继续地说，孩子王凯凯不知道、书虫小多不知道、勇士拉厚克不知道、骗人精妹妹也不知道，其他听故事或说故事的孩子更不知道。当他们说出一个个属于孩童的想象之时，那些想象爬出他们恣意张合的嘴，经过绽放两团红晕的面颊，仿佛便赐予了它们灵魂。在孩子们不晓得的地方，社会科教室的地图板边缘开始流血，自然科教室中浸泡福尔马林的小动物开始呼喊妈妈，游乐场的秋千兀自荡了起来。夜愈深，操场边的司令台便愈寒冷，孩子们挤挤对方的肩膀，小心地更往圆圈中心聚集，故事仍在持续，最后一个故事总是由凯凯来说，于是他就说：从前从前有一群小孩，他们也和我们一样喜欢在夏天的晚上到操场上讲故事，但是他们讲着讲着，不知道为什么，他们发现随着他们说得愈多，天色愈暗，渐渐地，他们被黑暗包围，同时也被他们说出的故事包围，肠子裸露的大赤鼯鼠悄悄安身膝盖与膝盖之间，地图板内流出的血舒服地伸展全部，走出教室滑下楼梯，浸透红土跑道往司令台前进，好奇地用湿润的边缘轻触孩子的衣摆，然后孩子身边的孩子突然不想听故事了，他们拉着你的手邀你前往无人的游乐场玩耍，你突然发现他们的脸是如此苍白……

当凯凯说完这个故事，他们发现黑夜已完全降临，他们也真的完全被故事包裹住了，好一阵子谁都没有说话，半月从云朵里探头，直到一声轻笑从游乐场传来，所有的孩子们站起身，环视没有其他人的操场，在发现什么异状也没有以后，他们惊骇地笑了起来。小圈子最外围有个女孩子害怕得哭泣，凯凯说她"哭什么哭"，女孩转过身，让大家看清她衣摆新鲜的血迹。

"你们看到了吗？"凯凯问。

小多和拉厚克不想承认，可他们和其他孩子都异口同声说："看到啦。"

那天聚会到此结束，孩子们各自散去时，稚嫩的面孔都挤压着一副沉思的五官，并且感觉源自于体内的燥热，那股热令他们头昏脑涨，双眼湿润迷离，每一样东西都像新的。再到隔天，凯凯的跟班泥巴，发誓自己得到一个幻想朋友，叫作灰尘，没人质疑，因为别的孩子也看见了，隐隐约约，如同鬼魂，泥巴抡起拳头揍它时，形貌最真切，灰尘痛苦扭曲的小脸好似天主堂里受难的人像。

辛太太的两个儿子,小小和小大,他们忽然觉得母亲卖的刨冰永远不融化多好,于是两孩子就这么舔着同根不融的冰棒,从早到晚。

爱子开始逢人都说鲍博雅的女儿会在夜里悄悄扒开窗户,悠然自得且飘飘然地泅向月色,黎明时再偷偷游回来,老是忘了关窗,好似一艘归岸的小船轻轻停靠母亲臂弯。

除此之外更有多少孩子想象成真,说也说不清了,幻想如实的孩子间有个唯一共通点,即是他们全都患上了暑热症。你或许要问这些夸大的想象难道不会让孩子们的双亲觉察异样?事实却是大人们看不见这些孩子们的幻想,鲍博雅与辛太太如常携上孩子往林医生的小诊所看诊,巴奈则好不容易劝了自己丈夫到诊所进行例行性抽血检查,这名粗犷的中年男人,有记忆以来从未抽过血,他的妻子替他挂号了。林医生亲自为他抽血时,那男人问了一连串的问题,"医生您看得到我的血管吗""管子这样绑着针刺得进去吗",林医生一一应语,实则抬眉看外头候诊的孩子脸上一坨坨的红晕,觉得心如刀割。

林医生想尽办法治疗孩子们的暑热病,却不晓得孩子们一点儿也不想痊愈,他抓住几个逃离诊所的孩子,弄进诊间严刑逼供,只得出这暑热症让孩子们产生某种有趣极了的幻觉。林医生接着为了捉住更多孩子好带回诊所医治简直疲于奔命,暑热的症状竟然伴随幻觉,林医生只要想想孩子们为此可能承受多少痛苦,便觉心神俱毁。每到这时,林医生都必须按按心口,深吸口气,锁好诊所大门顺着山肩徐徐散步,偷偷落下的泪在泥土地上绘出深色圆点。

趁林医生离开太麻里大街，孩子们赶紧聚集在一起讨论了暑热症的幻想，他们准备确立彼此幻想中的细节，好把所有人的幻想都联系在一起，形成一个足够他们玩耍的庞大世界。

"我们当然要把地板当成岩浆啊！然后大家都必须在家具上跳来跳去！"

"我们每个人都要有一个幻想出来的朋友，这样没有兄弟姐妹的人才不会寂寞！"

"光像水一样，怎么样？"尽管没患上暑热症，书虫小多依然勇于发问，同时间想起林医生诊所书柜里摆的绘本。

"不，那会让我们淹死的！"凯凯不屑地说，"更别提那还是抄袭！"

小多闭上了嘴，双唇颤抖，没入人群外妹妹与拉厚克的怀抱中。

"自以为是！"妹妹尖利地喊。

"没错！"拉厚克附和。

对他们而言这是幸运也是不幸，所有孩子当中，有些人患上了暑热症，有些人没有，而他们三个恰好都属于健康的那群。

尽管如此，患上暑热症依然变成孩子之中的一种流行，没患上的人渴望患上，已患上的则携手加入一场浩大的幻想，他们的想象于焉联结了，值得做一个更大的梦。而小多、妹妹和拉厚克是如此不愿意跟随这种流行啊，毕竟老爱欺负妹妹的凯凯暑热症症状严重，更因此像只孔雀般嚣张。他们假装不屑，实际上羡慕得要命，直到八月中旬，妹妹羞红了脸掩饰着咳嗽，另外两个孩子这才知道他们当初费心保护的受害者变成了背叛者，妹妹受到的惩罚是必须在这么湿热黏腻的天气下与两个朋友紧紧地拥抱在一起，直到暑热也传染给他们为止。

林医生透早[1]起床看见三个孩子黏在一起行走，就告诉他们暑热症不会传染，但他们根本不听。

"凯凯正在建立自己的王国呢。"拉厚克紧贴着两个朋友对林医生说。他们用一种极为别扭的螃蟹走路姿势横越马路。"他一直欺负妹妹，又欺负其他很多人，我们也必须得到这种能力，才能打败他！"

小多凶猛地点头，而妹妹则被挤得哭丧着脸，一条鼻涕空悬在人中。

林医生用好奇的眼光审视三个孩子，小多和拉厚克想起来医生和他们并不是同一国的，于是一个大声唱歌，另一个负责引导逃亡路线，他们又像螃蟹一样踟躅地走开去。

这三个孩子远离太麻里大街，远离过去一起玩耍的同伴，但是林医生看不见他们眼中的景象——妹妹、小多和拉厚克深信他们正远离一个由凯凯统治的地盘——在他和他一帮跟班的幻想当中，充满幼稚又不公平的坏事，他们以废弃工寮充当秘密基地，限制只有患上暑热的人才能进入过去大伙一块玩耍的地方。健康的孩子再也不能涉足暑假中的小学操场、番荔枝园、竹林中的空地、大庙或垃圾场，凯凯早已安排同一国的同伴严

---

[1] 透早：闽南语，指大清早。

加看守，至于不愿意服膺他们幻想的暑热症孩子，则远远地就被看守人富有攻击性的想象力吓得屁滚尿流。

燃烧的海洋。鬼魅的枯枝。庞大如积雨云的怪物。当妹妹、小多和拉厚克匆匆逃往海边，他们远眺凯凯占领的地盘所看见的"可能"就是那么一回事，毕竟除了那些患病的孩子以外，没人知道他们的幻想里有些什么。抽象得如同现实中一抹粉淡的色彩，像是白日梦，看着这儿眼里却注视奇异之处；像一层朦胧的糖霜敷在写了名字的蛋糕上；像他们随意地挥手指着空气说这儿有什么、那儿有什么，学校老师说：那是一种象征的手法。他们的手划过空气时留下残影，成为一则隐喻的唯一线索。他们不说这"像"什么，而是直称这"是"什么，于是在他们指指点点间，新的造物萌发蓬勃。妹妹三人当时远看的就是那么一幅由孩童所造，最莫名其妙、难以言喻的光景，充满他们独有的天真残忍，同时也美丽得不可思议。

妹妹、小多和拉厚克望着那景色，反倒没有太多的赞叹，心中仅存嫉妒，对孩子来说，这样瑰丽的幻觉并没有什么了不起的，他们随便谁都有本事创造更大的奇观。此刻两名男孩更为了另一件事惊奇，他们的小妹妹正望着与他们相同的方向。

"这么说你可以看到了吗？"小多和拉厚克问。

妹妹摇头："只有幻想可以看见啦。"

他们三人彼此默契十足地一道咳嗽几声，再望向彼此，发现他们脸上都浮现了患上暑热后专有的标志：两团暖洋洋的红晕。

在海边，他们本想安静地坐下来讨论如何打败孩子王凯凯，不过广阔的海洋带给他们神秘的诱引，浪花与沙滩充斥可塑的乐趣，他们很快玩耍起来，捡拾渔民扔弃的鱼骨来回抛投，或者将搁浅的河豚用小石子埋葬。他们沿着浪与岸的交际奔跑，将水花踩得飞溅，接着三个孩子凝视海洋，太阳洒落闪闪发光的海洋上方，有个行走于水上的孩子。他们兴奋地跳跃并猛力挥手，妹妹甚至一脚踩上海水，小多、拉厚克见妹妹居然没有沉落，也跟着踏上海的平原，他们追逐陌生的孩子，跑过一整片银色发蓝的平野，平野两端是高耸壮丽的云壁，夕阳在他们身后引领一整座发光的天空。直到陌生孩子的身影愈来愈清晰也愈来愈靠近，他们发现他是一个湿润、普通的小男孩，有一双蓝色的嘴唇，像一只离水的小蓝圆鲹在空气里不断颤抖、扭动。

妹妹和拉厚克开始七嘴八舌地问着关于海的另一端有些什么的问题，以及倘若他们不断走下去究竟会碰到什么东西，当然，他们也问及了男孩的出身和他在此漫游的原因。蓝嘴唇的男孩没有说一句话，他光裸苍白的脚趾在海面写下他正寻找他的朋友，是一只搁浅的喙鲸呢。稚拙的字迹很快便在水底鱼群的轻啄下消散。

"不，我们没有见过搁浅的鲸鱼。"拉厚克很肯定地说。

"也许它会跟着游行过来。"妹妹满怀希望地说。

"你的爸爸妈妈是谁？我们从来没有见过你。"小多显得有一些警戒。

这时三个孩子发现蓝嘴唇的男孩全身正涓涓滴水，当他眨下长长睫毛、美丽的黑眼睛，眼眶中同时溢出大量的海水，这让男孩的外表看起来有那么一点儿令人担心。

"你看起来好冷。"

"你可能要去看一下医生。"

"我们有一个很厉害的医生。"

男孩听了便露出微笑,太阳完全带走白天前,他们跟随男孩在这片原野上奔跑极远,直至他们四周空旷、了无一物,岛屿和海湾沉没消失,那便是一片专属于他们的疆域,比孩子王凯凯所能拥有的更为壮阔、浩瀚。妹妹、小多、拉厚克与蓝嘴唇的男孩并肩站在那儿,感受一种奇异的视野,他们知道这里是另一个地方,未有人涉足也无关乎时间,站在这里就是永远。

他们最后回到坚实的地面,泥土粗糙的触感和松散的植物气味,迥异于海上锐利如金属的味道,海面是单纯,土地就是复杂,这让孩子们尤其因不适应而晕眩,但他们记起自己的任务,他们要牵着蓝嘴唇男孩的手前往太麻里街上林医生的诊所。他们行走时男孩身上始终流淌咸咸的海水,那些海水往他们正行走的方向缓缓地流去。

林医生的小诊所坐落于过去的墓地,小诊所开张以后太麻里的孩子们认为总有一天诊所本身也会闹鬼。不过此刻这三个孩子内心隐隐约约,出于本能地知道他们在海边遇见的男孩究竟是何来历,他们只是无以名状,因为在现实中,一个精确地说出口的名词会让他们吓得惊惶逃窜,但模糊的预感属于梦的一部分,而梦属于孩子的一部分,所以他们并不害怕。当他们最终将蓝嘴唇的男孩带到林医生挂上"休息中"牌子的诊所,并且敲响医生的门,诊所内一蕊小灯外又亮起一圈白炽灯,他们看见医生呆若木鸡僵立的身子。

啊,孩子们便想,看来医生也患上了暑热,差点忘了这男孩可能是个幻想,还以为医生会看不见呢。

但他们并不能理解,就好像不能理解为什么当光叶榉树燃烧起来时大人会将孩子全赶进家里,他们现下也不能理解医生隔着一层玻璃门,不肯开门的原因。

"医生,他看起来像是生病了,快点看看他。"拉厚克以洪亮的声音大喊。

妹妹也说对啊,他有一种好闻的气味,像燃烧的海草。小多则表示他的嘴唇是蓝色的,怎么想都不健康。

三个孩子推推挤挤,努力想把沉默不语的蓝色男孩推进诊所,而医生的表情仍然显得极度惊恐、难以置信。

"医生,让我们进去。"

林医生结结巴巴地解释:"不,这个男孩是我死去的儿子。"为此他差点咬断自己的舌头,医生靠着门,手来回抚摸束缚狂跳心脏的胸膛,他怎样也想不明白,他原本想说的是"不,这个男孩像我死去的儿子",怎么说出口却成了"不,这个男孩是我死去的儿子"?

然而妹妹、小多和拉厚克持续不懈地将蓝嘴唇男孩推进医生的小诊所里,他们说:"不管是不是死掉/湿掉的嘛,他现在/最后在这里,我们带他来的/我们创造他的,医生你好好看看他嘛。"

林医生倾听着,发抖着,由于隔着一片门不甚确定孩子们的妄语，然后他从口袋里掏出他的柠檬黄手帕抹抹额头，转身打开了门。他甫一开门，三个孩子便一哄而散，急着奔向凯凯的国度向他炫耀他们已有了位于海洋、更大的地盘。

　　林医生对那沉默、低头的男孩说："好吧。"男孩身上滴着咸苦的水，医生找来干净的毛巾擦干他，最后用浴巾层层包裹住他，但不一会儿毛巾又会湿透，很快地，小诊所地板上汇集一小摊海水。那些水分仿佛是直接从男孩的毛细孔中渗透出来，顺着细瘦的双腿流到地上，无法停止，不断不断地流，形成一片小小的海，就在诊所的地板。当男孩自顾自地到书柜处浏览时，悄悄弥漫的海洋有了迷你的浪与浪花，以及小如微生物的洄游鱼，无论男孩走向小诊所何处，他身上淌出的海水始终只流向林医生的方向，好似医生身上有某种引力，像月球般牵动着潮汐。

　　林医生呆然注视男孩拿起那本关于喙鲸的读物，一如过去那般将书本摊开放在折叠的膝腿，那本书很快便会湿漉漉的，但林医生一点也不在乎，有一瞬间，他以为自己和男孩一样眼中流出海水。那其实是眼泪，医生想，很快便会停住。

　　室外，太麻里下起八月第一场雨。

　　对多日燥热的太麻里来说，一场雨令诸事重新洗牌，暑热、大伙约定好的幻觉内容、焦黑的榉木残枝四散狼藉。灾后重建计划的组合屋区由公家机关补助安装天线，方便居民白天做完工后回家可边吃晚餐边看新闻，而最初关于一场台风来袭的消息也在该时传递。不料隔天雨后骄阳,重来的酷热让人感觉空气中流连不属于人类的汗酸味,孩子们说是太阳自己的汗臭味,他们脸上红晕未消,于是事情就这么决定了。

太阳开始流汗,下起另一种形式,金黄的阳光雨。

"太阳的汗臭闻起来像晒干的金针。"另一个孩子这么说,于是当然,事情又这么决定了。

林医生一直知道暑热症对孩子们的影响,他一直知道,至少比其他大人更加知晓。他曾在街上捉孩子进诊所检查,气喘吁吁、双眼发光,一手一个拎着小鬼们的衣领进屋,他以压舌棒试探,冰凉的听诊器紧压孩子们单薄的胸膛,不时往笔记本上记点东西,但更多的情报来自儿童守不住秘密、缺牙的小嘴。

某些时候林医生了解他的儿子早已死去,镇日冷气机轰轰运转的小诊所里不曾豢养他涓涓滴水的儿子,然而他就在那里,将冰冷透明的海水洒得到处都是。当他游走于白天浑然不觉的看诊病患之间,辛太太、巴奈聊天时他把玩她们的头发,小小和小大念故事书给他听,妹妹、小多和拉厚克甚至经常到诊所找他出门玩,林医生会颤抖,感觉喉咙堵着一块巨大的悲哀。而他死而复生的儿子从不言语,他蓝色如幼鱼的嘴唇会微笑,但从不张开,不吐露一星半点死亡的秘密。

林医生数着自己正处于悲伤的哪个阶段,他儿子则站在诊所外与妹妹、小多、拉厚克一同堆叠发烫的小石子,隔着一层冷凉的玻璃门,儿子艳阳下的身影更如同海市蜃楼一般。他脚下的阴影并不意味着真正属于活人的影子,而是海水造成的湿迹，直到现在，玻璃门下仍淌进来自于他身上奔流不竭的海水，时时刻刻朝医生漫延。

柏油马路底端，哑巴公主正哼着歌走来，林医生因此想起她是那个代替自己儿子活下去的少数民族女孩。在那个台风夜，她和他的儿子原是多么要好的朋友，却因为一个赌约上了名为兰屿之星的废弃客轮，随后在浪尖狂暴跳跃之际，他的儿子落海死去，那名女孩即便活着，也深受创伤，成为疯癫的哑巴公主。

林医生总是想跟着她，当她走在太麻里的街道，林医生同时正忧郁地散步，哑巴公主像是一块磁铁吸引他的心，仿佛只要他跟着哑巴公主一直前行，就能穿过时间，重新回到那个狂风暴雨的夜晚阻止两个孩子上船。

现在，林医生感觉无比疲惫，他站在诊所内忽然明白过来，他无法回返过去，无法回到悲剧以前，但是他的儿子已经走过这幻觉横生的八月来到他身边，林医生倏地又感到如此害怕，因而大步走出小诊所，抓起儿子湿淋淋的手臂将他带回屋内。

"他不能再跟你们玩了。"林医生说罢，紧紧地锁上了诊所大门。

妹妹、小多和拉厚克面面相觑，尽管他们不清楚为何林医生再也不准他们与男孩玩耍，他们实际上也无暇为此担心，八月第一场雨过后，冷凉的空气使孩子们被暑热充塞的内里有了改变。小道消息传遍街头巷尾，孩子们说：大战要开打啦。

一开始，被雨水冲刷得干干净净的街道彼端率先出现凯凯的人马。

凯凯那伙人老爱问："你们要相信我们这边的幻想吗？"

由妹妹带领的其他孩子严正拒绝，决不会说"不自由，毋宁死"，不过也所差无几，妹妹瞎着眼，蒙着头，尖叫地向凯凯等人冲去，一路上所有的想象都为她绕行。所有孩子知道，这场战争的决胜处在于有多少人相信你的想象，那么，你的世界便会在人们的相信里持续扩张。关于这点，将自己锁在小诊所里的林医生倒有一些专业意见：这大概是心理学上一种"集体幻觉"，一群人共同拥有某种经验，于是对现实情况极为敏感，脑海浮现幻觉，潜意识因此扭曲了现实，认为幻觉就是现实。

可是却无人能解释，为什么孩子们能够任意控制幻觉，并让幻觉本身吞噬现实。

在凯凯那边的幻想当中，他们住在金碧辉煌的大庙，飞檐上大冠鹫抓着一只猫而猫叼着一只金线鼠时刻警戒防止入侵，门口站着两名身体如云的巨人。每个加入他们的孩子势必都有一个听候差遣的幻想朋友。

在妹妹那边的想象则较为凌乱，他们尚未统合独属于他们的世界观，因此有人骑着山猪，有人手拿宝剑，有人长着翅膀，有人眼睛放射闪电。这场战争，妹妹要得胜着实困难，但她奔跑之际撞上一个人，致使敌对双方深深吸气，不敢妄自移动，妹妹一头撞上的是哑巴公主。

哑巴公主和林医生的儿子悄悄溜上兰屿之星以前，曾是一名女孩，而当她发着抖从废弃客轮踏上陆地，她伤痕累累的目光揭示了她已流过血，不再是名女孩了。哑巴公主是一名少女，既不属于孩子那边,也不属于大人那边,她哪儿也不是,又是个十足的疯子,站在孩子们布置的想象里呈现出绝无仅有的可怕高大。过去孩子们尚未分裂时,他们一起对抗哑巴公主,那时从未有人被哑巴公主碰触,孩子们一直相信,假如被疯子碰触,她会生生拆了他们。

而现在妹妹遭哑巴公主挟持,凯凯作为妹妹的亲哥哥,已经吓得魂不附体,小多和拉厚克抓着彼此以防对方冲上前要人,却没人预料得到,瞎眼的妹妹心中突起幻想,想象一只莹绿色的蝶类从哑巴公主裙底飞出。结果一只又一只,蝶群掀起哑巴公主的裙子,哑巴公主哈哈大笑,拍着手抖开裙摆,撒下满地的毛毛虫,那一瞬间,孩子们就知道这一回妹妹大举得胜。

多一个人相信,幻想便真实一分,凯凯下令撤退,因哑巴公主如喝醉般欢欣跳舞的脸颊红涨,明显是被传染了暑热的症状,抑是被幻觉找上的模样。妹妹居然让并非孩童的哑巴公主相信了她的想象,这是奇迹般的壮举。

那天晚上,当妹妹和凯凯不得已在他们母亲的命令下爬上同一张床睡觉,他们会轮流针对母亲讲述的睡前故事大放厥词:公主死于毒药,不,公主被王子救活,天鹅打败恶龙,不,野猪踩死天鹅。他们针锋相对,试图赢得一名大人的相信,却弄得母亲一头雾水,她说:"乖宝宝,我们把这些留到梦里。"

"她根本不相信。"母亲走后,凯凯说。

"她是大人,当然不会相信。"妹妹回答。

"可是哑巴公主就相信你。"

妹妹翻身朝向另一边，闭上双眼得意地偷笑。

他们约好了第二场战役，随后进入梦乡。孩子们入睡的夜晚，所有的幻想跟着沉眠，陷入梦中。泥巴的灰尘做了自己成为真正人类小孩的梦，小小梦见自己有另一个哥哥，小大梦见自己有另一个弟弟，他的名字叫作小中，老虎梦见丛林，蓝嘴唇的男孩因梦见台风夜里独自出航的大船而惊醒。林医生没有做任何的梦，他听见夜里再度降雨的响声，走下楼梯到一楼的诊所，看见他的儿子轻轻拍打大门。

林医生心想：不行，外面正下雨，我不能再让你出去，我不能，你会死的。

但他没有说话，他在心里和儿子说话，却不能对这名蓝嘴唇的男孩讲，仿佛他只要一开口，他的心就会破碎。

他死去的儿子身上流下泛滥的海水，林医生注意到，海水已在诊所内汇集一厘米高的积水。为了陪伴他的儿子，也为了防止儿子离开诊所，林医生进入自己的诊疗室，整理病人的病历与书籍，他默记时间，暴雨的夏夜里冷气机轰轰运转，外头甚至传来雷声与闪电。

可是林医生佯装不知，假装没有听见儿子正拍打着玻璃门，小诊所内愈来愈寒凉，屋内的淹水水位也愈来愈高，林医生再度对自己说：这只是一场梦。

他的儿子早于多年前便死去了。听诊器和承装在铁盘里的针筒载浮载沉，当海水终于迫近林医生鼻端，他深深吸了一口气，旋即告诫自己没有必要吸气而深深地吐息。他手上依然不停歇,尽心尽力书写关于暑热症的笔记,海水便在一瞬间漫过他头顶,世界成为湛蓝,林医生吸进海水,感受到一阵沁凉畅快,那是否意味着他也成为了一只鲸鱼呢?

说实话,林医生在心里对自己咕哝着,当海水充满整个空间,小诊所看起来也仍和平常没什么两样,差别只在于所有东西都飞起来了。他拨动海水,钢笔缓缓朝他漂去,他泰然自若拿起钢笔写下另一幅字句:集体想象中的绵羊,相信游行与不相信的孩子,扮演成人信仰的战场,游行始终会来到,瞎子心里的世界更为庞大……

墨水溶入海水,半空中书写刹那的文字转瞬即散,这时林医生和椅子也漂浮起来,他划动双臂,越过眼前细小如小指指甲的双髻鲨,游向候诊间他的敲打玻璃门的儿子。

林医生双手划动泅水,下半身仍然坚持漫步,他抱住他死去的儿子,在水中转圈翻腾。

暴雨过后,饱受摧折的树木在太麻里街上散布断枝,空气里飘荡一股仿佛绿豆与白芷混合的气味。太麻里唯一的诊所从此关门大吉,妹妹、小多和拉厚克隔着玻璃门与林医生比手画脚。

我们——来找——你小孩玩——

林医生连连挥手,皱眉摆头。

小气——我们——今天要——打架——

林医生苦笑着再度挥手,从门边离开。

"为什么医生的动作那么慢啊?"拉厚克问,"我妈妈今天说要进诊所里拿个东西,医生还要她搬梯子从二楼窗户进去哩。"

"谁知道，医生那样走路，就好像太空漫步一样。"小多说。

妹妹不在乎，她看不见林医生，因此只拉着两名同伴的手执着于今日的战场。脑海中由音乐和口味构组的图像正因八月酷暑带来的燠热产生化学变化，她过去、现在及未来都不可能真正地看见，以至于感染上暑热所造成的幻觉或多或少算是接近真实的视力了。妹妹眼中有乌头翁的啼叫，也有可乐糖的甘美，由于幻觉十分的抽象而不能用于勾勒事物的轮廓线条，是以妹妹对画面的认知并不存在线条。听觉、嗅觉和味觉给予她的是块状的暗示，没有颜色，也没有边际（当她不试图寻找边际时，团块就在那里，当她寻找边际时，则无边无际），但正因如此，妹妹开始用它们作画。创造、想象之时，海浪潮音成为一种颜色，地面发烫的柏油路成为一种形状，让人疼痛的野生辣椒成为一种复杂的颜色兼形状，她用这些创世。

所以，她将会知道她是如何赢得最终胜利。

起初，于入夜的海边，也就是小多过去和妹妹一同仰躺、挤痘痘的海边，小多穿着小学制服，脸上除了两坨红晕以外，竟是光滑柔嫩，没有一颗痘痘，小多指指天空中数不尽的星星，露齿而笑，他先弯腰行礼，好比指挥家在演奏前行礼。

小多接着便转过身，抬起双臂，他在山猪獠牙似的月亮上轻轻点了一下，月亮叹息般地发出了银色呼吸，小多弹动手指，天狼星便像弹珠那样滚过七仙女星团。小多的动作愈来愈快，星星们也狂乱地随之闪耀，他指向哪儿，哪儿的星星便剧烈地绽放光芒，流溢出乳白色的光。孩子们全都看呆了，他们从来没有见过如此可怕、美丽的画面，看上去完全不是小多掌握了星星的闪烁频率，倒像星星们随着小多的手势在天空里狂欢起舞。小多的手指划过星空，拖出一条长长的流星尾巴，迸发出万种颜色的火焰，以及悠长出尘的声响。其他孩子愣愣地看着星空在眼前燃烧，那是多少烟火都无法创造出的画面。猎户座的腰带被徐徐地弯折，让小犬星溜滑梯，当一颗星碰触到了另一颗星，它们碎裂成无数的小星，小星们再度碰撞，成为晦然陨落的星尘。而这一切又充满了各式各样的声响，天鸽座被点着时，发出幼雏的悲鸣，一串铃铛似的星座被小多轻柔地握成一圈，清脆地响，还有当一整座银河被他的手重重抚过，便像是钢琴与竖琴同时演奏。

　　此后于清晨的山边，孩子们在引领下到来，他们抬头望向成为勇士的拉厚克，他是那么地巨大，仿佛一屏投影，身体透明如山雾。他在山陵间手执勇士之刀与神秘的怪物搏斗，那怪物可比凯凯心中所想的更为庞然丑恶，是超乎孩子想象的恐怖，拉厚克皱着眉挥刀、躲避，身形从容。他自由自在地腾跃于山间、呼喊、歌唱，宛如行走于旧时部落的山道，部落里年老的巫师都将替他祝祷，视他为崭新神灵。

　　妹妹像这样幻想着，她空茫的视线在幻觉里聚焦，八月、九月、十月，她一手牵着一个小哥哥，牵着小多和拉厚克，她方才想象过他们将会如何得胜，但下一秒妹妹又感到如此地满不在乎。

　　她从七月开始等待，八月已经过去，现在是九月，十月正匆匆赶来，妹妹一下子忘掉了小多指挥星星，也忘了拉厚克和深山怪兽搏斗。她想要她的游行,她一直想一直想,这是突如其来的决定,就像她第一次朝柏油路彼端使劲挥手,那时她看不见林医生正远远地走来,其他孩子尚且也不知道林医生正远远地走来,他们只是假装开心地迎接一场游行,只是巧合而已。酷热里蒸腾扭曲的空气让医生的到来像是一场幻觉,也像是一个鬼,毫无疑问的,鬼魂是他们拥有过最好的幻觉。

妹妹脸颊上的红晕让她兴奋得全身发烫,她跳起来,用力挥手,跳起来,向柏油马路的另一端挥手。游行!是游行到了!她的热情感染着周遭原打算与彼此展开战斗的孩子,因为在妹妹开口的时候,柏油马路彼端确实传来了一阵阵悦耳的音乐,还有模糊簇拥的点点人影。是反核游行吗?是废弃游乐园的嘉年华会吗?还是时间不对的炮炸寒单爷?孩子们什么也不知道,他们问都不问,只是一会儿就相信了,于是当然,事情就这么决定了,他们开心地大笑和尖叫,列队行经街道,敲响每一户人家的大门:"游行!等了好久的游行终于到了!"

一开始没有任何大人相信,但是孩子们表现得煞有其事,表现得那么纯真快乐,鲍博雅首先抱着襁褓中的小女婴好奇地走出屋子,她显然看见了游行,瞪大了眼失手令婴儿坠落。

土地公庙叠茗叶的陈老婆子站在上坡处往下一看,喊声"哎呦喂",爱子早已跑得远远地前去加入游行,陈老婆子抓着柄生锈的剪刀,气急败坏地冲往下坡。

辛太太摆弄着制冰机冰屑四散,她店里仍招呼着客人,但受不了八卦听得见吃不着的折磨,她扔下仍在运作中的制冰机,蹑手蹑脚离开刨冰店。

巴奈回诊所拿取自己的个人物品,尽管她弄不懂为什么林医生坚持要她搬张梯子从二楼的窗户翻进去,她听见游行的消息时半个身子还悬在外头,她大吃一惊,林医生屋子里满满蓝色静止的海水,而林医生隔着楼梯在一楼水中,慢悠悠地翻阅一本鱼类图鉴。

林医生过了几个钟头才留心到诊所外的异状,不过原本他只是发现巴奈未在约定好的时间爬窗进来,因而感到一丝丝孤独和忧郁。巴奈进屋时总会在呼吸间吐出一串串圆滚发亮的气泡,林医生认为,那是他和外头阳光铺天盖地的世界唯一的联结,也是他和活人唯一的关系。

林医生因为巴奈没能按照原本的时间进屋,外头又传来他从未听过的音乐,不禁放下正在研究的书籍,他耳际漂过的翻车鱼和瓶鼻海豚都不过几厘米大小,而他正在学习区别赤蠵龟和绿蠵龟的不同。他越过阅读绘本的儿子走向候诊间,按钮开启多日紧闭的铁卷门,眼看光线一节一节入侵他阴暗的深海,他见到这世界上最难以形容的画面。

鲍博雅的女儿在坠地前轻巧地挥挥臂膀,游向天际,辛太太刨冰店内不断飞出寒凉的冰屑,充斥游行队伍间,宛如八月雪。此时阳光比过去任何一天更为明亮、炙热,令人头晕目眩,也几乎让人睁不开眼睛,半开的眼睑中,幻想更形真切。此时光并不像水一样,因为光真的就是水,而且有一头巨大的喙鲸在上头飞舞。

林医生的儿子放下绘本，用力拍打玻璃门，屋内的海水随之晃漾，他想：我可不能开门，否则屋里的海水会狂暴地泄漏，会像暴涨的河流般伤人。可是他的儿子，他的儿子依然不断地拍打，在阳光与阴影之间，也在真实与幻觉之间，他死去的儿子渴望进入活着的世界。林医生伸出右手，轻轻握住玻璃门的门锁扭开，他试探性地推门，原只打算开起一条窥探外界的缝隙，可门一下子完全敞开了，海水一股脑冲了出去。林医生呆然愣住，光线和温度吃掉他，门冰冷地折向一旁，医生停下来，定了定神，爆裂的蝉鸣击中他的耳朵，其后才是热闹的音乐。他回头看去，空荡荡且狭小的诊所内干燥沁凉，独留冷气机焦躁地运转，林医生再转向面前街道，一片刺眼的灿白当中，他儿子的背影轻快地奔向游行。

　　那是变化多端的游行，也是奇思异想的游行，是热气腾腾的游行，也是光辉灿烂的游行。有些人看见的是反核大游行，有些人看见的是鞭炮四散的炮炸寒单爷，有些人看见的是少数民族的祭典，有些人看见的是停工的游乐园走出由流浪汉组成的嘉年华会。游行是由溺死者和舞者、怪物所组成的，舞者是由鬼魂、动物和丑角组成，动物是由云豹、鸡、山羌、水鹿、土狗、黑熊组成，除此之外更多的是缺了眼睛、手脚的畸零人，他们有的吞吐火焰，有的抛投沙包，简直令人目不暇给。鲍博雅飞翔的女婴在空中游泳，像只小海豚般飞向渔船造型的花车上她死于大海的父亲，而鲍博雅只是追逐花车又哭又笑地挥动双臂。陈老婆子拥抱一名日本军官打扮的老人，生锈的剪刀无意间裁断了老人的腰带，让裤子落了下来，逗得一旁的爱子呵呵笑。小小和小大对辛太太介绍他们的幻想兄弟小中，辛太太莫名知道这不存在的小中是她曾流产的儿子，一瞬间泪眼婆娑……林医生艰难地穿过这所有的一切，追随儿子进入游行中段，陡然见到他人高马大的小学同学踩着高跷缓慢跃过自己，一名演奏吉他的外国神父歌唱乔治·哈里森的经典乐曲，医生锲而不舍，几乎是惊慌失措地挤过层层人潮寻找儿子，奇形怪状的人们横越他身边。医生呼喊儿子的小名，他的语句化为泡沫破裂在音乐里，医生慢慢跪到地上去，痛哭失声，却只是为乐不可支的妹妹提供一颗特别大的气球，她捉住医生的痛哭缓缓地飘向天际。林医生抱住自己，额头贴着滚烫的柏油路面，隐隐约约，他发现他的额头是湿润的，于是医生揩揩眼睛跪起来，观察八月的阳光底下整个没有影子的喧闹游行。但他能看见海水造成的湿迹，柏油马路上的湿痕逐渐蓄积海水，从不间断流向医生，医生便顺着海水穿越人群和他蓝嘴唇的儿子对上视线。他儿子身上正汹涌地奔流海水，仿佛儿子正用尽全身哭泣，海水一直一直往他的方向流去，他的儿子微笑，盛大的太阳与游行中，林医生感受到自儿子死后，前所未有的鲜活与真实。

　　游行的高潮之处，一艘巨大破烂的客轮划入街道，金银流苏和七彩灯串让船体看来充满节庆氛围，并不丑陋。船身上斑驳的"兰屿之星"四个字浮动海水倒映，底下光影错落，好似船正航行在平静无波的蓝色原野。哑巴公主身穿华美精致的服饰乘坐其上,她黑白分明的双眼凝视前方,头戴单犄角,一如妹妹曾形容过的那样。

当游行末队渐渐消失在蒸腾的热气之中,几乎没人发现八月就这么过去了,它坐在最后一辆花车里面,随模糊的音乐飘远。正是如妹妹所设想的,七月早已结束,八月正此离去,随后九月、十月即将来临。

他们的日子将会继续,在游行队伍全然离开以后,发亮的柏油马路尽头逐渐干燥,太麻里居民们纷纷散去,各自回家,他们意识到夏天已在白芷与绿豆的气味中结束。

夏天结束了,孩子们的暑热病也都好了,一个个从绵长的梦境里苏醒过来,他们的母亲不约而同松一口气,他们的父亲则执拗地同最初一般,认为这本来就是一种跑一跑出出汗便会痊愈的病,而无论父亲或母亲,谁都不曾提及那场游行。醒过来的孩子们坦然接受了父母们不同形式的关切,依旧在早秋的午后奔跑于街道,彼此丢掷树枝玩耍,比起幻想,似乎有更贴近于现实的乐子可找,又或者对他们而言,总有新的游戏等着被发明。林医生盼着暑热病消的孩子中能有一个患上心因性的暑热病,也就是并没有患上暑热但心里以为自己仍患着暑热的孩子。那种孩子没法忍受色彩缤纷的幻觉世界骤间崩毁,他们会哭哭闹闹地试着继续扮演,而林医生的诊所便在等待中维持近乎永恒的荒凉寂静,直至他意识到偌大的幻想世界已退缩到仅他一隅,湿漉漉的儿子在墙边玩弄阴影,夏季已经结束,林医生终于明白。

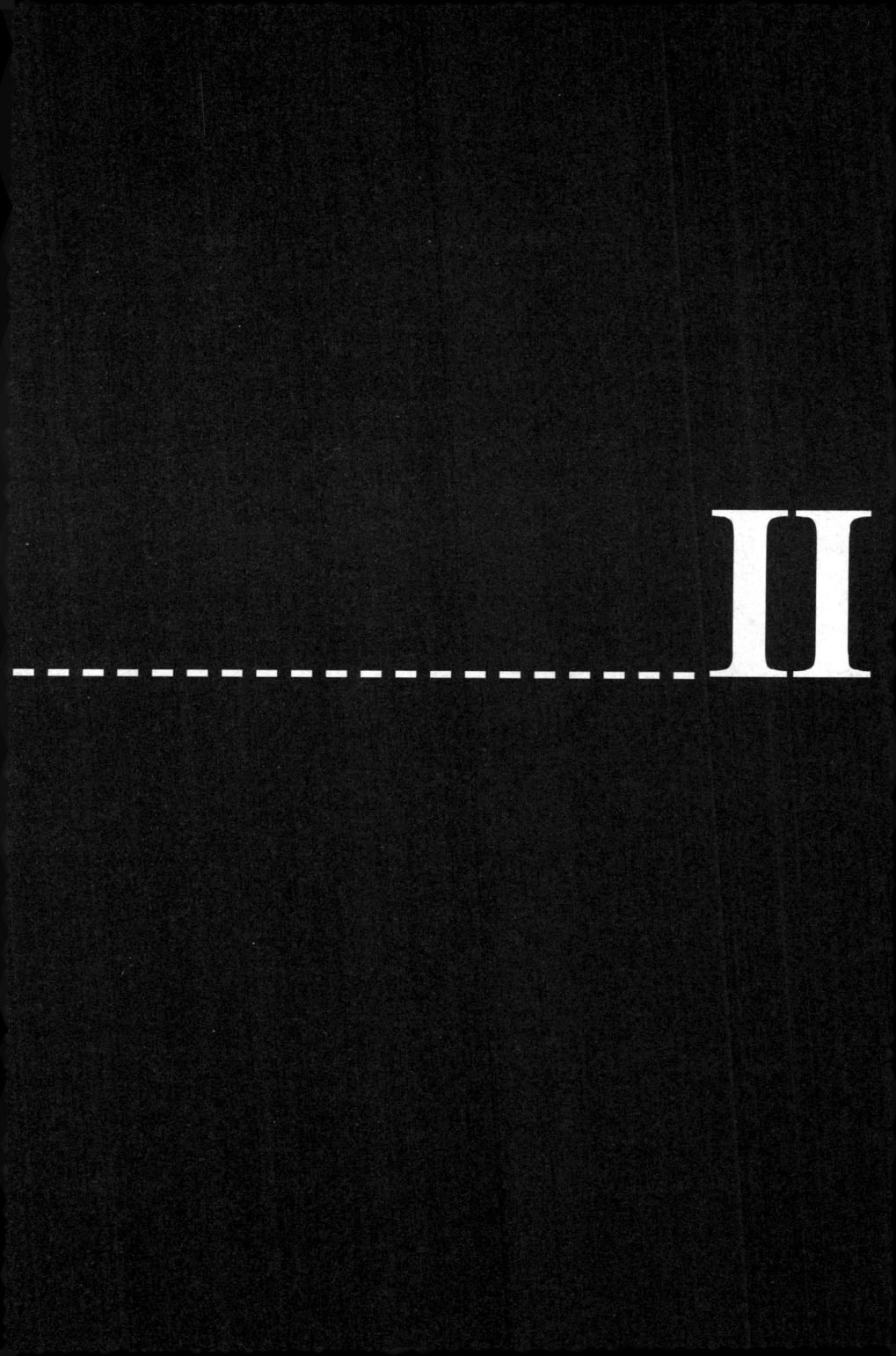

II

巴布的怪物

　　第一天上学的时候，巴布从长长的队伍里朝我咧嘴一笑，我便记得他了。

　　后来，巴布站在讲桌上哭喊着"酷老师被怪物抓走啦！"并且用力跺脚，我坐在自己的位置上，安静地吃营养午餐。放学后，巴布走到我身边低声说："你可以陪我一起找怪物吗？"他伸出手，掌心有一张年轻男人环绕巴布肩膀的照片。

　　那不过是五年级的事。

　　巴布长得像山猪，皱紧的鼻子和凸下巴露出的下排白牙，他说这个名字就是山猪的意思。但班上没有人相信他，大家都叫他白痴，月考前十名的知道"智障"这个词，便用来含蓄地称谓巴布。

　　巴布常常流鼻水，他用手背抹，或者吃掉，他也经常抓痒，抓过的皮肤会搓出很多污垢。大家都不喜欢他，没有人喜欢他，但是他喜欢女生，有一次下课，他把外套盖在腿上，然后两只手伸进去抓痒，上课也不停止，他好像不知道自己在干什么，两眼茫然地盯着黑板。

每个人都不愿意接触巴布，可是巴布身上的某种感觉吸引每个人捏他、抓他、咬他。曾经有一次巴布和一个同学吵架，他们彼此吼叫，巴布吐出一口口水正巧射进对方嘴里，那人僵硬地安静下来，将唾液吞下去，接着脸红，得到不属于自己的奖赏般跑走了。

巴布非常着迷于人体的污秽，他拨弄头皮屑犹似飞雪。奔跑后将手指夹在汇积汗液的膝弯处，嗅闻那气味。或者为了吃鼻屎将鼻腔挖到流血。午休时，他偷偷趴在桌下吸吮被鼻涕浸透的袖口。他的衣裤破烂、散发腥臭，很少穿鞋，仪容检查日他把鞋子用鞋带绑在一起，挂在肩膀上到学校，穿鞋的时候往鞋里撒小石子。

我在十二月转学到这里，爸爸和妈妈对这个地方没有多做解释，但我从车窗里看见岔路上一个巨大的地标，绿色的，有很多疙瘩。我们在清晨到达，那时左边海平面初升的太阳从云层里射出金色的光束，右边则是层层山峦。

"这里距离我们土地的东边是非常近的。"我说。

爸爸让我闭嘴。

我们的房子就在贩卖日常用品的街上，每天早晨会有很多人在那里购物，但还要再往后面一点并且右转进一条石子路，路的尽头才是房屋。

从住屋到海边要十五分钟脚程,到山脚要十五分钟,至于到学校只要十分钟。每天我吃完烤土司和煎蛋就会走下石子路,沿着清早贩卖餐点和食材的热闹街道一直步行到最后一个街口才左转直走,很快就能到学校。

有时我会变换一下路线,爬过住屋附近很高的围墙穿越对面一户不知名的人家,从那走会缩短一分钟的路程。

我走正常路线时巴布总出现在最后一个街口,那里有家拴着小猪的杂货店,巴布的爷爷开的。

自从那天巴布站在讲桌上吼叫以后,他每天都会在上学的路上对我说怪物的故事。

"巴布的名字不只是山猪,巴布还是一种怪物,我爷爷说它从史前时代就住在黑暗的森林里,是哪种史前时代?你、你不要打断我嘛!爷爷说那怪物头很大很大,四肢长在脑袋边……它只喜欢吃老师。"

"为什么?"

巴布睁大眼睛:"因为老师有很多知识!"

"所以它的头很大?"

"对!"

"因为里面装满知识?"

"对!"巴布挺起胸膛,用力地拍了拍心脏的位置。

"它是怎么吃老师的?"我问。

巴布皱紧了脸,过了很久才回答:"不知道。"

"那它也许没有吃掉老师。"

"没有吃老师,那酷老师呢?"巴布的眼睛睁得更大,脸色惨白,"酷老师在哪里?"

"也许在森林深处给长着四肢的脑袋上课。"我说。巴布瑟缩了一下,我立刻补充道:"那些脑袋都很温驯,像刚出生的小狗狗。"

巴布直直望着我,嘴巴微开,过了一会他开始用力跺脚,就像我第一次看见他时一样。

"我要酷老师回来给我上课嘛!"水慢慢从巴布的眼睛、鼻子、嘴巴里流出来,他跺着脚,愤愤地呼吸,直到遥远的学校钟声传来。

"我要找怪物,我要找酷老师。"巴布抓挠自己脸上的肉,使劲拧着,有些水就这样被拧了出来,到地上去。

"你怎么知道怪物在哪里?"我问。

"我知道,放学后我们一起去。"

"会很远吗?"我说,"我得在晚餐前回家。"

"那里。"巴布食指划向举目可见的大山,与海相对,绵延不尽的棱线,我不知道它的名字。

"看起来不远。"

"我们还有一个秘密基地。"巴布给了我一本图画纸做成的小本子,最末页是铅笔绘成的地图,"这里,竹林深处。"

我同意了,并且决定下课后出发的时间,巴布舔食唇上的鼻涕,朝我咧嘴一笑。

"酷老师没被抓走的时候我每天都上学。"他说,"酷老师不在了我就不想了,我要花时间找酷老师。"

"那今天呢?"

"今天我陪你。"

然后我们到学校去。

我们的学校很大,从大门进去是铺满红土的操场,正对司令台,后方是一列班级教室和老师办公室,总共两层,低年级教室、图书馆在第一层,音乐教室、办公室和高年级教室在第二层,楼梯下方有鱼池,巴布说自然课老师会带我们去那里看蜻蜓的小孩。右侧是营养午餐厨房和幼稚园教室,左侧是游乐场。校园最后面有植物园,里面有几只天竺鼠、公鸡,以及一只尾羽残破的孔雀,每隔一段时间它会开屏,发出很大的爆裂声。

我们班上有十四个人,一个转学生、一个又瘦又高的女生、一对双胞胎、三个金发碧眼的俊俏男生、三个过动儿、四个智障;十一个少数民族人,十二个贫穷家庭的孩子。

这学期的老师是个干瘪细弱的年长女人,她在黑板上写下自己的名字,清晰、微笑地说这里是个落后的地方,而且她留意到我们有些人根本不洗澡,我们身上有污垢、头虱,还有为数不少的同学热爱玩头皮屑。但是她一方面又同情我们,我们是如此可怜……几分钟后,她发作业本给我们。写了一会儿,她开始唱名让每个人到前面交给她营养午餐费。叫到某个名字时,巴布顶着我的臂膀说:"阿农。"

"什么?"

"他们叫她'香臭阿农'。"

我转头时,一阵暗红的气味从经过的衣摆下窜出,甜蜜、令人欲呕。那个又高又瘦的女生动作僵硬地经过我,然后到讲桌前对老师说:"我忘记带了。"

新老师面无表情点点头,叫了我的名字。

下课时间,巴布带我去骑斑马。斑马在乙班教室前的草地上,学校用钢筋水泥做了许多动物塑像,斑马对我们来说最容易骑。

"我先!"巴布很快爬上雕像,我站在下方仰望着。这样做其实是被禁止的,但我们无法遏止骑乘任何东西的欲望。

巴布踢蹬双腿,低喊"呀嗨、呀嗨",然后他突然静止动作,两眼凝视远方。

"他们在藏阿农的铅笔盒。"巴布说。他想下马,这时三个俊俏的男生从草丛后方走过来,巴布便停住不动了。

三个男生环绕斑马,其中一个男生对巴布说:"下来,老师说不能骑马。"

巴布紧抿嘴唇,佯装他们并不存在。

"巴布。"我说。

"下来。"另一个男生伸手抓他的脚踝,巴布抱着斑马颈部,用力摇头。

三个男生最终安静,直到巴布把头抬起。他已经哭了。

"下来。"第三个男生说。

巴布颤抖，右腿抽动了一点，但几分钟后他仍在雕像上。

三个男生围绕斑马走动，他们的姿态轻盈优雅，眼神如刀刃般游移，最后第一个男生说："去找石头来。"

我说："巴布。"

巴布这次终于能够跳下马，我们从三个男生旁边走开，巴布用力咬嘴唇，几近渗血。

我们在草丛后面的水沟里找到阿农的铅笔盒，拿去还给她时，才刚接近阿农前面第二张桌子，那股奇异的香味再次若有似无地悬滞于前。巴布将湿淋淋的铅笔盒放在阿农桌上，朝她露出缺牙的笑。

我站在后方看着，阿农一句话也没说，把铅笔盒打落到地上。

巴布露出奇怪的笑容，不断扭着手指，然后他猛然问："你要和我们一起去找怪物吗？"

阿农不回答，她的手指在桌上画圆圈，过了很久才问："什么怪物？"

巴布的额头开始冒汗，他磕磕巴巴地说："在……山上。"

"放学后我们会去，并且有个秘密基地在竹林里。"我说。

阿农考虑了一下，回应道："你们很好笑。"

"什么意思？"

"五年级了还玩这种游戏，很好笑。可是你们比那三个男生好多了。"

我代替巴布说："山上有专门吃老师的怪物，你是学生，有义务和我们一起去。"

"你应该对全班说。"阿农回答。

放学后我注意到阿农从老师唱名后第一次从位子上站起来，她一整天都没去上厕所，也不到外面骑斑马。待同学全部走光以后，我和巴布停在门口，看她慢慢从座位上站起来。教室的灯已经关了，木椅子上有一块污渍，太暗了看不清楚。

"走开！"阿农发现我们在看她，很大声地叫着。

我和巴布离开了，一路上很安静，只有他吸鼻子的声音，我到家的时候故意不和巴布说再见，他的手从后方抓住我的领子，我用力把他推开。

"怎么了？我们不是要去找怪物吗？"

我说我不相信他了，世界上不可能存在那种怪物。

"我带你去看证据，你就能相信我吗？"

"也许，而且我要拿走其中一个，那是我应得的。"我回答。

当我们按照巴布的地图走向竹林时，路上经过了巴布爷爷的杂货店，那只小猪安静地睡着，巴布爱抚小猪，一面望向发光的灰色云朵说："今天的太阳阴沉沉的。"这句话不正确，但很精准，我们便在奇怪的光线下进入竹林里，因为那些光，眼前如同迷雾一片，我勉强看见竹林深处几具已经开始腐烂的木头桌椅。

巴布问我想不想先休息一下。

我评论道："这个秘密基地很隐蔽，但我要先确定怪物是存在的。"

于是我们就往竹林更里面走,巴布抓住我的手腕领在前头,我们走到完全没有光线为止,然后巴布拿出手电筒照着茂密的竹林。我们慢慢沿着坡道走,累了就靠竹子休息。最后在一片漆黑中,我们再也看不见手电筒光线以外的景色时,我们忽然一起滚落,在四射的光线里,满地枯叶子乱飞,我们在很深、很深的地方,屁股下都是沙子。远方传来怪物哗哗的叫声,手电筒在几步之外指向天空,巴布冲过去捡却被某样东西绊了一跤,过了几分钟,他拿手电筒和一样东西过来。

"伸出手。"他说。

我照办。光线还未来时,我不知道手里的东西是什么,光线来时,那是一个好小好小的人类头骨,残缺不全,却正满一握。巴布便用手电筒从下往上照自己的脸,对我咧嘴笑。

他知道我相信他了,那时候满地都是骨头。

我们回家的时候已经很晚,我全身都在发抖,出力抓紧手中的头骨也不能止住,现在是夏天,巴布看我抖得那么严重,就问我是不是感冒了。

"你为什么要叫怪物的名字?"我牙齿打战地问。

巴布愣了一下,然后回答:"我也不知道。"

隔天全身都很痛,我想起自己刚来这里的第一天早晨,是被喷射机的声音吵醒的。后来每个星期一我都会听见喷射机呼啸而过。我觉得喷射机的声音很大很有力量,大概和学校的孔雀一样大声。爸爸很讨厌喷射机的声音,因为那声音会让他惊醒，以至于一整天精神都变得虚弱。他之后几次被惊醒，立刻套上外套冲出门拿石头丢天空，吃早餐时很凶地和妈妈说要想办法把那些飞机打下来。

我没把他们的对话听完，直接出门上学。

事实上就连我们坐在教室里时，老师都要故意放大声音才能盖过喷射机。不过今天老师在讲台上打人，比喷射机更大声，巴布要我注意阿农，她被打完的时候手藏在裙子后方的口袋里盖住臀部，依旧快速、僵硬地走回座位。

"今天的太阳阴沉沉的。"巴布悄悄对我说。

"她为什么要那样走路？"我问。

"不知道。"巴布想了一下，又说，"她受伤了。"

"是怪物做的吗？"我问。

"不，怪物只吃老师。"

下课时我们去问阿农要不要和我们一起找怪物，她看起来又想笑了，我把头骨放在她桌上，她的脸变得好白，看着我们很久，最后说："好啦。"我们放学就留下来等阿农，她在所有人都走出教室以后，才慢慢从座位上站起来。

"你们走前面。"她说。

我们照办。

巴布领先进入竹林，向阿农展示我们的秘密基地，她飞快地拣一张朽烂的椅子坐上去，然后看着我们。

"所以呢？"阿农忽然说。

"什么所以？"我问。

"你们不是在找怪物吗?找到了吗?"

"没有。"巴布很小声地说。

"但我们可以去有骨头的地方等怪物。"我转头和巴布说。

巴布摇摇头:"那里太深了,我们跳进去就像被关在笼子里,没有办法逃跑。"

"你们顺水流找过吗?"阿农问。

"什么意思?"

"你们已经知道怪物吃什么,那它应该还需要喝水。"

"你是对的。"我说,"这附近有水吗?"

"有一条溪。"巴布回答,"这里唯一一条溪,从山上下来的。"

我们又跟着巴布走,那条溪和山,以及前面的海一样,都没有名字。一看到溪阿农便很高兴地将下半身浸在水里,不肯起来。我听见她嘀咕着:"不痛、不痛,好冰好凉,一点也不痛了……"溪水应该是非常舒服,因为阿农完全没发现自己已经走在前面。

我们浸泡溪水往上游走。我和巴布不时偷偷看对方,一起小心地移到阿农身后。

我们把阿农的裙子掀起来。

她大叫,但是没有反抗,只是受到惊吓而已。我们看见阿农没穿内裤的双腿间,伤口流出血来。

我指责她:"你不能再有秘密,你已经是我们的了。"

阿农看着我的眼睛很大,有一点疯狂和期待,然后她把自己的裙子盖起来。

她说:"你们的怪物把我弄伤的。"

"才不是!"巴布大声说,"你不可以这样说我们的怪物!它不会做这种事!"

阿农看了我一眼,便低下头说:"没错,我刚才只是不想说出事实。"

"但你现在必须回答问题了。"我说。

"可以。"

"你为什么流血?"

"长大总是要流血的。"阿农回答,紧咬住嘴唇,好像在等我们嘲笑她。

但我们没有嘲笑她,我们完全明白。

我们携手走进太深又太急的水流里,最后到达很高的石壁,我们爬不上去,巴布哭了,回去时看到星星,他又笑了。

"你们看!那是猎户座的腰带,那三颗星!今天的银河好漂亮,那是仙后座,月亮下面的是金星!还有那里!七仙女星团!"巴布指着天空叫,开始手舞足蹈,"啊!那么多的星星!不是很像树荫吗?晚上是一棵树包围住我们,然后阳光从枝叶间洒进来!那就是星星啊!这么多——这么多的星星!不是很美丽吗?"

巴布忽然住嘴,湿屁股坐到空荡荡的柏油路上。

我们也跟着坐下。

"让我想起故事,爷爷说的喔,也是发生在史前时代。"

我打断他:"史前时代?"

"对,史前时代。"

"旧石器时代?新石器时代?或者……"

"不知道啦。"巴布紧张起来,哭丧着脸哀求我,"你不要打断我嘛!"

阿农竖起食指放在嘴上。

"史前时代……就是很久很久以前,最早最早、最初最初。有个年老的远古人坐在一棵树下,有另一个年轻的远古人走过去,他问老远古人那棵树是什么树,老远古人很高兴地回答他……就这样,没了。"

我们安静地聆听,结束后也沉默很久,觉得胸口闷闷的,很不舒服。

阿农问:"后来那个年轻的远古人还有去树下找老远古人吗?"

"有啊,每一天,时时刻刻。"巴布想了想,加上一句,"只要他有疑问。"

"老远古人一直在树下吗?"

"他从来不会走开。"巴布回答。

"但总要上厕所、吃饭吧?"

"不用。"巴布一个字一个字用力地说,"不——用。"

那天又很晚回家,爸爸叫我跪下,我问:"为什么?"爸爸的皮带就更用力抽在我胸前，我没有躲，因为爸爸说我不能躲，我问："为什么？"是因为我的腿，分明是我的，可是我不能控制它们挺直，它们软下来了。

我感到很困惑。

爸爸要我说实话，问我这几天放学为什么没有马上回家，我说我到同学家里开的杂货店写功课，可是爸爸不相信我，他坐得高高的，说我是骗子，除非我说实话，除非我永远都说实话，否则他不会放过我。然后爸爸要我跪在他面前，把上衣脱掉，折得好好的放在腿边。

我开始想象喷射机的声音。

隔天去上学，老师跑过来和我说，放学要去家庭访问，但是只有我。我看巴布，他今天吃了特别多的鼻屎，忙碌到无法说话。放学前五分钟时巴布才对我开口："早上看到很多动物尸体噢。"

"在哪里？"我问。

"到处都是。"

"和怪物有关吗？"

巴布扬起脸笑："嗯，一定是怪物知道我们在找它，所以不敢抓老师了，只好杀小动物。"

放学时我们邀请阿农和我们一起探查动物尸体，她眯着眼睛靠近我，嗅了一下。

"你闻起来好香喔！"她说。然后整个身体都贴到我手臂上，那里覆盖着长袖衬衫，衬衫下覆盖着芬芳的伤口。阿农用鼻子隔着布料磨蹭，直到伤口再度流出血来。

"好悲伤啊……"阿农闭着眼睛说，"当小朋友好悲伤啊。"

我们走到学校外面时，站在一排茄苳树下，我问："要如何才能不这样缓缓地流血、缓缓地长大？"

阿农从一棵茄苳树边捡起一样东西，轻轻放入我摊开的手心。

那是一只不动的金色昆虫。

"死了。"我说。

"对，但也活了。"阿农说。

"什么意思？"巴布吸着鼻涕。

"我不知道。"阿农细细的手指一把将我手中的虫捏碎，里头空空的，"只是这样……它活了，我也不知道为什么，它在这里，但是也不在，它因为这样死过，所以活了。"

"那它现在在哪里呢？"

"不知道，但一定是比这儿更好的地方。"

我想到自己忘记带头骨，和他们约好看尸体的时间以后就回家了。

还没进到家里，我就看见老师的头出现在窗口，她和妈妈不知道在说什么。爸爸还没回来，我偷偷躲在窗下听，听老师对妈妈拜托。

"那时候签了三年，可是我希望今年就走……"

"不是瞧不起这里，只是太不方便了。"

"您的先生……不知道能不能帮帮忙？"

从家里离开时,我忽然想到一些事,远远地看见阿农坐在约好的马路边,巴布还没有到达。那时候我便坐在她身边,想着一般孩子不可能明白的事情,但我仍对阿农说:"希望你不会笑我,此刻我很害怕。"

"你害怕什么呢?"她看也没看我,只是回答。

"你觉不觉得这个世界除了你自己以外,其他人都被操控了?"

阿农想了想:"我觉得这个世界只有我在动,当我转头,其他人才会移动,而当我的视线移往他处,看不见的便完全静止。"

阿农的想法和我不同,但一样奇怪,我们坐着等巴布时便一直讲这些事,等巴布来,我们都看见他手中抱着杂货店的小猪,被开膛剖肚,粉红色的内脏流出来,在地上拖。

巴布的脸又皱在一起了,他把小猪放到马路边,拼命抹脸上的水。

"什么时候发生的?"阿农问。

"不知道,怪物来我家了。"巴布一直抽着气,"怪物来我家了,老师呢?老师在哪里?"

然后巴布丢下小猪朝山上跑,沿着马路,我和阿农追上去,跑很久很久,我们看见唯一的那条溪水,沿着溪水,我们又往上跑。跑到之前无法翻越的山壁时,巴布跳到溪里面,冲进白色的水花,阿农在我背后,拉着我的手,一直尝试想说话,但水让她不能开口。水底有旋涡,阿农的手松开了,又好像推了我一下，阿农没有力气上来，我只能自己一个人找巴布。

"老师在哪里？"他就在水上，哑声问我。

我拉他，两人一起往山里更深的地方。巴布要找怪物，他说怪物正等着我们。

阳光在厚实的云层里逐渐变暗，阴沉沉的，我和巴布看不清楚了，只听见风吹动树枝的声音，还有猫头鹰呜呜的叫声，走了很久，我牵着巴布，一手拿他的手电筒照路。愈往深处路面愈颠簸，比竹林的路更艰难，我们不断跌倒、不断爬起来，巴布什么都没说。

周遭都是又高又硬的树，长得很密集，我小声问巴布："是这里吗？"

悄悄起雾的深山里，巴布点了点头。然后我们躲在一丛灌木里，安静地等待。我从口袋里拿出头骨，层层迷雾之中，它清晰的白色犹如真相。

喷射机从山顶经过，轰隆轰隆。

这时候，有黑影从坡上急奔下来，巴布拿过手电筒往影子身上照，一片亮光，我们便看到一只成人般高的巨大野兽。那是我们过去不曾见过的形象，野兽口吐白沫、样貌狰狞地喘息，它长得异常丑陋，满嘴参差不齐的獠牙、稀疏杂乱的毛发、高耸的背脊，细瘦的四肢支撑臃肿野蛮的身躯，窄小的后臀几乎掉光了毛。它的鼻子大而且皱，布满伤疤，红色的眼睛在手电筒的照射下发出可怕的光芒。它被手电筒吓住，以至于停了下来，它急促地喘气，唾液从断裂的牙齿中淌落，发出嗒嗒的呻吟。野兽看了我们一会，便蹿进远方的黑暗里消失无踪。

手电筒没电时，我们往回走。

"阿农呢？"巴布颤抖地问。

"不知道。"我回答。

在下游找到阿农时，她眼睛还睁得大大的，我和巴布过一会发现她已经死掉了，就拿一件湿透的衣服盖在她脸上。但是阿农的声音从布料下方传来："不痛、不痛，好冰好凉，一点也不痛了。"

我们又把衣服拿起来，阿农还是看着天上的星星，眼睛很大很大，于是我们又把衣服盖回去。我拉前面，巴布搬后面。他把手伸到阿农下面，忽然又抽出来，惊讶地对我展示手指上的鲜血："她还在长大耶！"

我们悄悄把阿农抬下山，放到怪物的骨头堆里。黑暗中，怪物依旧哗哗、哗哗地吼，巴布专心看着地面，一下一下踢骨头。

"酷老师那时候说：'下学期见，巴布。'可是开学典礼上他没有来。"他说。

我回答："可能他有别的事情。"

巴布眼睛红红地想笑，但他的笑容让整张脸都裂开了："不是、不是，我知道酷老师去哪里了，他被怪物抓走、吃掉了，和每个老师一样都在这里面了，我早就知道的，每次每次，从一年级的时候，妮妮老师笑笑地说：'下学期见，巴布。'可是下学期变成琪美老师，放假前，琪美老师说：'下学期见，巴布。'下学期后又换成俊生老师……后来还有好多好多老师,他们都说:'下学期见,巴布。'下学期老师又不见了,其实我早就知道,酷老师说'下学期见,巴布'那时候我就知道了……酷老师也会被怪物抓走。"

我们站在骨头中央,巴布的头低低的,双手握成硬邦邦的拳头。

过了许久,他才继续说:"酷老师还答应我要来毕业典礼。"

"毕业典礼是六年级的事。"我说。

巴布用拳头使劲擦眼睛,回答:"酷老师被吃掉了,所以不会来了。"

我把他的手松开,问:"他做了些什么?"

"酷老师教我写注音,我以前ㄏ[1]之后的注音都不会,酷老师让我全部都会了,酷老师还打他们——打!打那三个男生!他们不会欺负我了!酷老师告诉我竹林的秘密基地,我可以一个人在那儿玩。学期结束大家交换礼物……我没有拿到礼物。"巴布呼喘,发出抽泣般的笑声,"酷老师特别去买礼物补给我,是、是星座盘!因为这里的星星很干净、很漂亮,酷老师教我用,我最喜欢看星星……"

我和巴布沿着柏油马路下山时,天上的星星确实多到数也数不清。这个地方的路灯是相当罕有的,但那些一闪一闪的我

---

[1] ㄏ:相当于汉语拼音 h,是注音符号中的第十一个字母。

看见——毕业典礼当天，我们站在会场中央，下半身穿着彩球做成的草裙，头上别塑胶花，老师决定的毕业装扮。

没人哭，我们空洞地站在会场中央。

"在哪里？"只听见巴布惊恐地问，"酷老师有来吗？我没看到……被怪物吃掉了吧？天啊、天啊，老师在哪里？"

我看到照片上搂着巴布肩膀的男人就站在校长后面，但他什么都没说，于是，我也缄口不语。

巴布的怪物我知道。

怪物之乡

公元两千年一月一日，每个人都在。

（而我不。）

九年后，八月二十一号，于阴暗无光的客运阅读一本史前博物馆的书，有关原始人类宗教的章节里一帧解说牌照片：恐惧是神灵的第一个母亲。人类初次看到太阳，敬畏它的力量，在将其当作神崇拜以前，人类更把太阳当作一个……

车厢内一根灯管在抖晃中熄灭，无法供给阅读。

"太麻里是个很漂亮的地方噢。"隔壁座编写简讯的陌生人突然头也不抬地说。

"嗯。"

"你知道全台湾甜度最高的水果是什么吗?"他又问。

"不知道。"

"是释迦!甜度有十,去太麻里一定要吃释迦,那是太麻里的特产。"

"嗯。"

"对了,你是回家吗?"

"家?"这个字刚出口,前座有人拉开窗帘,刹那间冲进一片强光,窗户被明媚的海景占据,而在那纯粹无辜的巨蓝以内,陆面有一切答案。

我望向窗外疮痍遍地,轻声说:"不,我没有家。"

陌生人发送了简讯,因此沉默。几分钟后我开口:"你知道,这片海是我的。"

一开始滔滔不绝的陌生人现在安静下来,脸色十分诧异。

"这片海的形状,就像一块吻合我心缺失的拼图,无论我在哪里,无论我看过多少海,我永远不会忘记这线条和颜色。"我伸出手指在车窗上画,沿着子宫般的曲度,"是我的,她也知道,从我小时候第一眼看见海,然后说'我要进去洗澎澎'那一刻,我给海取名字,从此以后,她就是我的,我的。"说到"洗澎澎"时我纵声大笑。

那个人终于完全安静了。

未下车前,我从口袋拿出皮夹寻找车票交给司机,伸伸懒腰,举目四顾。

再次回到这里,我被绚烂的阳光所震慑,光线刺痛双眼以至于无法完全张开,而灰蒙的记忆是此刻的影子。

蝉在热浪里鸣叫。

我脱掉上衣,走入幽灵往事。

将左手插进裤子口袋里,肘弯挂着薄衬衫,裸身背负的大登山包塞满日用品和一顶帐篷,我走着。沿海公路砂石车呼啸而过,漫天尘土中,我回忆曾见证的远处风景的数万演变,日夜、四季、年岁,我看见蓝色母亲缀有雪花丝带的长裙摆绵延不已,吞吐另一方苍老的,不得我心的灰色父亲,它如今是如此丑陋,但我实是践踏其上,受其支撑,而我的诚实……是的,我仍诚实。

这条路通往过去遍布骨骸的秘密地,就我所知,被发现的死者已将近二十,它躲过水灾,无端被守护。比我们后到、奇怪的人们美其名考古、发掘,在我看来只是湮灭怪物存在过的事实。这秘密地,我遗忘它真实的名字,因我曾是它第一个主人,我曾给它起过名字,一如那片属于我的海洋,只是记忆的残忍与幽默,使其失落。

远远地,我看见那地方已被封锁,并且逐渐被浪吞没,我无法回返,唯有将左手从口袋里抽出,任由掌心小小的半块头骨滑落进斜坡,消失于浓密的草色。

我在秘密地附近扎营。于此时刻,似乎没有太多旅人足迹,即便蓝色大水不受折腾,岸上却是朽木横陈,石砾更保存了不久前土石流的粗蛮走势，直入母亲的裙。而我艰困地穿行其中，鉴于这些漂流木都是别人的财产，我走得十分小心。

到帐篷里睡了一会，醒来已入夜，不再如早些时候燠热难挨，我穿回上衣，在帐篷前生火煮食。晚间的海是天空的延伸，看着那海，听着隆隆的水声，真想敞开双臂走近、走进，让深沉与黑暗哺育。抬眼没有星星，被山上来的云遮挡了，却不能阻止我想念巴布。直至此时我才注意到这样的时候也有蝉叫，一下一下，叫一会，停一会，喘息，然后再叫。

火光引来陌生人，一个有大把胡子的少数民族男子，看起来不过三十出头。手提一袋啤酒，站在车道边打量我。

过一会他下来，到我旁边，以少数民族特有的腔调问："这种时候来太麻里，可见你一定不是外地人。"

"我是外地人，但童年在此度过。"

"你知道这里很危险吗？明天有怪手要开进来整理。"

"等明天再说吧。"

"你为什么在这个时间回来？"

"为了解谜。"

"谜？"

"我的朋友被埋在这边。"指向秘密地，那人目光跟随，一看，即露出难以置信的表情。

"你的朋友为什么会被埋在旧香兰遗址？"他问。

"我不知道你说的是哪里，但我可以解释，我朋友葬于一九八九年。"

"遗址在二〇〇三年才因为海蚀显露被发现。"他点头说,"但那里没有尸体啊。"

"多半成为骨头了,和其他人一样。"我感伤地说。

"不对不对,骨骸可以分辨年代,你的朋友在最近被埋起来,那么骨骸肯定相当完整的,要是几十万年前的骨头则会风化,仅存部分。"

"那么可能被海卷走了。"独自在浮动的黑暗永眠,我想。

"这样还比较有可能。"那人又点头,仰头饮尽啤酒,捏扁了铝罐扔到塑胶袋里。"你要不要?"他问我。

微笑,摆摆手拒绝了。

我一沉默,他也不语,我们一起凝视黑暗。我怀念过去,至于他,我没有权利窥探。

他忽然说:"你知道吗?千禧年的时候这里挤满了人呢!我还记得,那时候念台东大学,每个人都冲来这小小的海滩,对了,当时看起来真的像是每个人都在这里!"

我用树枝戳刺火堆,说:"新闻上看起来确实盛大,不过那天……我没有回来。"

"为什么?"

"我爸爸死了,在北部。"

"这么可怜!"

"无所谓,我一点也不难过。他已经死了,人只要一死,就什么也不是,再多物质证明他的存在都毫无意义。他的葬礼,我晚到一天,在几条街外用爬的爬过去,心里想的都是未完成的书稿。"诚实,我提醒自己,深呼吸一次,"不止书稿,我还想着就因为和一个死人有血缘关系,必须放弃周末假日,不断地在外人面前表现悲伤、呆滞,实在是相当无聊。"

从男人的五官我可以看出自己已经超过普通闲谈的程度,便显得尴尬,但我愈言语,便愈觉得自己说的不是实话,或者不完全是实话,我必须毫无保留,不能有任何遗漏。

"……但其实我是悲伤的,毕竟这个人是我父亲。他过去相当严厉,所以我的童年并不愉快,直到他死去,整件事情都不一样了,他把我揍得血都渗出衣服这样的回忆……如今看来居然也很美好,不,不是这个词,只是值得回味,有时候我不能肯定,记忆里他痛打我时眼中是否噙着泪?我已不能指认,记忆真是诡谲的东西。"

男人站了起来,说:"你们平地人真的很奇怪欸。"然后他便走,走了几步,又回头说:"我是太麻里自救会的,如果你需要帮忙可以到前面找我,我住铁皮屋。"

他走了。

我将脚边的松果扔进火堆,在亮光里思索原则。

我觉得人是不能说谎的,假如非这么做不可,只能用于编写故事。因此小说对我而言便是细腻严谨的谎话连篇,而有幸阅读的人乐于受欺骗,这岂非你情我愿的互惠行为?即便如此,有时我仍会忍不住在谎言里括号真实。(因为父亲总是要我说实话,这足能解释我往后耽溺写作的理由吗?我总希望最终看见的作品,是个完美无缺的谎言。)

这次回家，除了寻找死去的朋友，也是因为巴布喜欢的酷老师回来了，二十年，他大抵已有些年纪，我想自己应代替巴布询问这位可敬的师长当时离去的理由。

我很快将火熄灭，再度进帐篷入睡。

清晨是最冷的，以至于我又醒转，拉开帐篷拉链，鼻间立时涌进冰冽的黎明气息，是朝露，夹杂着海的风与水，虽然冷，初升的阳光却金黄温暖。我还闻到树木的气味，耳边浮泛柔润的潮音，白色的浪尖也低矮，一下一下抓握岸沙。日轮渐渐隐没到云里，又从云层的空隙间洒落光束，在慢慢蓝起来的海面留下昨夜未现的星群。

这画面多美啊。（这画面多可怕啊！）

我颤抖了，回帐篷穿起衣裤。随便煮些早餐、收拾贵重物品，徒步走回家乡。

仍记得到学校的两条路，但没敢经过街角的杂货店，至于学校，铺满操场的红土依然，刚画上白色粉线，以前顽皮，喜欢用红土把白粉盖过，或者体育课时无聊地以脚踢踩，免不了遭到责打。走往以前骑的斑马石膏像，尾巴部分的钢筋已显露，我握过这根钢筋，为了骑上这匹不动的马。石膏像旁边是过去自然课时观察研究的水池，忽然打钟了，小孩子冲出教室，有两个就这么经过我，俯身在覆满荷叶的水池上伸长手臂，我才发现有只硕大的巴西龟隐匿其间，安然地静止。孩子要朋友拉住他的脚踝，整个人趴到荷叶上，也只堪堪将距离缩短到咫尺，与乌龟的鼻尖差一丁点，孩子却不懂将荷叶拉近，他想触摸的，就只是乌龟。上课钟又响，孩子并不懊恼，他肯定晓得自己还有可以挥霍的下课时间，那么多，但不是永恒。

孩子跑回教室，那个年纪，做什么都想用跑的，我跟着他们到教室，假装不经意地路过，老师上课前让孩子先擦黑板，一个"学"字悬得太高，而他们太矮，只能跳啊跳地擦。老师上课，先问一个问题，每个人都举手了，可是回答光怪陆离，老师说出答案："苹果。"孩子们便兴奋地喊道："苹果！"

兴奋地喊，直到老师使他们安静。

我无法继续假装，只能上楼，边走边想：现在我已不再大声喊出"鸡蛋""太阳""马桶""石头"。

不再幼稚地大声念出这些单词了。（不再像个孩子般大声喊出真理。）

疑惑他们流血么？（是的，在不为人知的地方。）

老师办公室在二楼末端，我走进去，和一位年轻的小姐说明来意，她请我等一会，因为才刚上课，大概还要三十分钟酷老师才会回办公室。我坐在陈旧破烂的长沙发上，记起自己也曾这样坐着，等待妈妈将全身湿透的我领回。

望门外发愣，留意阳光不是阴沉沉的，反而很热，很亮，亮到我都睁不开眼睛，我只能说服自己，看不清楚就像是阴沉沉的了。

有道影子投射身上，抬头，是个满头灰发的健壮中年人，他说："你，我记得你。"

我张了张嘴。老师在对面坐下，办公室的人不知何时走光了，只剩下我们，意识到这个瞬间，我猛然问："老师，你当时为什么要走？"

他露出奇怪的表情，略一沉思，温柔地道："重要的不是我当时为何走，而是如今我为何回来。"

"你走了以后，巴布就死了。"我说。

"我离开是因为当时市区有间学校需要主任，而我教了你们一年，已经够久了。"他又问，"巴布是谁？"

"当时班上一个同学。"我愤怒，又疑惑于自己为何愤怒。（也许当时以为开学了就会再见到熟悉的人，能再见到酷老师，好好。）

"记不得了。"老师想了想，加上一句，"教过那么多人，许多都记不得，但还记得你，你啊，脸完全没变，就是长高了。"

我无语，低头赧然，过了一会问："老师还记得当时给我们说的谎吗？"

"什么谎？"

"有片竹林……"

"竹林！那不是谎，是一个故事！"

"我认为都一样。"

"不，不一样。"

"好吧。"我咧嘴笑，"后来你因为生我们的气没能说完，这……故事，让我很在意。"

老师也笑了，十分得意地问："你想知道结局？"

"想。"

"那其实是我小时候遇上的，将一片竹林当作秘密基地，秘密基地通往海边，海边有……"

"对。"我说，"现在想起来，故事情节其实很老套。"

老师看向我："你当时受这故事影响，之所以不觉得老套，是因为你还年幼，等你大了，这故事就变得平凡普通，甚至结局也是，我宁愿不告诉你，这个没有结局的故事正因没有结局而有价值。"

我知道多说无益了，便起身告辞。

"老师为什么回来呢？"握紧年长者布满老茧的手时，我不住轻声问道。

"这个地方正遭逢困境啊。"他的手转而拍拍我的肩膀，"你不也是因为这个理由回来的吗？"

这次谈话并不愉快（我愤怒已极），强烈阳光却逐渐渗透眼皮，照亮记忆，我竟发现原来并没有那么多的伤，也没有任何的阴暗面，老师离开是有正当理由的，我原本希望发掘一些黑暗，可是就和这里的阳光一样，并非是阴沉沉的。

地上有蝉壳，蹲下去捡，复站起来，方觉察成片的蝉鸣，涨满苍穹。

离开学校时突然被人叫住，那是名有着圣母笑容的美丽女子，而她确实也怀有身孕，站在茄苳树下，一手按着树干，一手轻抚微胀的肚皮。

"好久不见了，你是……对吧？记得我吗？"

"阿农。"

"是呀、是呀。"她笑声朗朗，"我就住附近，每天这个时间来学校散步。"

"你过得好吗？"

"还不错，虽然水灾把果园毁了，至少能申请间永久屋……就不知道还能不能保有土地，别人说要征收那块地做堤防。"她耸耸肩，"不说这个，好高兴看见你，尤其在这种时刻。"

"我也是，你还记得有一次我问你这个世界是不是很奇怪？"

"对，你说好像每个人都被操控了。"

"真的吗？我都忘了。"我笑说，"只记得你的回答，你说好像每个人在你转头以前都是不动的，直到转头看见他们以后，他们才会动。"

"我也忘记自己这样说过了呢。"见我视线停留在她腹部，她温柔地张开双臂，向我展览，"你看时间过得好快，我都当妈妈了。"

"现在太麻里正需要多一些小孩。"

"多好的一句话，你还写文章吗？"

我点头。

"别再用括号啦。"

我感到难堪，转而问："你知道酷老师回来了吗？我刚才去找过他。"

"不知道,他回来?为什么?你又找他做什么呢?"

"问他当时为何离开,可是他却说不记得巴布了。"

"他是老师,不可能记得每一个学生呀。"

我摇头:"巴布那么崇拜他,他不应该忘记。"(可记忆本就是如此奇诡。)

"别说他,我也忘记了,要不是今天看见你,我其实也忘了有你这个人,很不好意思啦,可是人都这样,我们不会永远记得一些和自己不再有交集的人,是啊,甚至忘记曾经对自己非常好的人,然后某天突然想起来,便感到很惭愧。"

她这么一说,我立时沉默,蝉的叫声填补两人间的空白,我听见自己最后的话:"祝你过得快乐。"

徒步回往乡里。我到了已是空屋的小杂货店,从墙边长满杂草的盆栽下取出生锈的钥匙,插进锁眼里,转动。

屋内如同凌乱的废墟,有鸟儿在敲窗——咔嗒咔嗒,学校的钟声传过来——当当当,喷射机——我手仍紧握门把,汗粒滑落下颚。等一会,终于松开,阳光霸占位置,门把金光闪耀。我走上二楼,推开右手边的门。

门开时,有道风经过我,它走了,很远。

房间仍保留如原来的样子,缀有碎裂蝉壳的灯罩、塞满照片的桌垫、满书柜奇异的儿童小说和各种文学读本(后来都知道,不是世界上最好的,但在心里总占有某些重要地位)。我还站在门口,眼前是冻结的时间,身后浴室的水龙头亦覆满霜雪似的水垢，我不敢近前亵渎仿佛未曾改变的虚渺氛围，我哀悼死去的友人，我揣想他于床上辗转，于温柔的阳光下恸哭现实。我贪婪捕捉凝滞的一切，不曾前进过的一切，风吹着，满地骄阳，窗外龙眼树枝叶的影子倒映在水色的窗帘上，窗帘鼓胀，揭露下方蓝天白云，我记忆这些，尽全部的生命记忆这些，由衷地，我为再不可得的气味心碎。

我拉开书桌前的椅子，它能够调整高度，我将它调矮了些。坐定后，便任由自己沉迷，随那双手想碰什么就碰什么，随五感要向哪驰骋便向哪驰骋。触须般的它们要抚摸每一根铅笔，要觅寻老师赠予的空糖盒余香，要呆望小学毕业照片几个钟头，要粗鲁急切地打开每一层抽屉，检视苍老的幼年遗物。那些遗物通常是随零食赠送的小玩具、游戏卡片、陀螺、干燥的花叶，甚至还有舍不得吃的陈年巧克力。我兴奋地一层层阅览，却在抵达中间的大抽屉时受到阻碍。

它锁着。

一定有把钥匙。我翻找其他抽屉毫无所获，又查寻衣柜、床铺，猛然间有了灵光，直冲下楼，果然敷满尘埃的柜台下拾得系有蓝色细绳的钥匙，尝试开锁，却不合锁孔。

回到那张椅子上，我将手埋入汗湿的掌心。肯定有钥匙的（我记得有钥匙），只是忘了藏在什么地方，我起身，将书柜里的每一本书颠倒摇晃，也不晓得哪一本里飘下一张纸，上头写："要如何才能不这样缓缓地流血、缓缓地长大？"后面附注日期，那年我十一岁。

抛下纸，我继续取书，又是一本："送给未来的我最好的礼物。"十三岁。"给未来的我：那本你一看再看的书。"十四岁。"希望你现在还喜欢蝉……你喜欢吗？"十五岁。

书散乱在脚边，在那个年纪，我第一次张开眼睛，看见血淋淋的太阳，体会到奇异的痛苦，我没有理由地终日哭泣，也追寻，渴望找回此种感觉，并与它合而为一，但时光荏苒，我们终渐行渐远，一个长大了，一个还存在于洒满阳光的房间。

一张纸片夹在最后的句子："记忆是多么神奇！"十一岁。

我将书放回，再也无法冷静行动。我发抖地趴到书桌下伸手塞进上锁抽屉后方的缝隙当中胡乱摸索。或许谜题能够在记忆里被严丝合缝地呈现，但我可以不照规矩，我可以，尽管在这一切当中我失去的比得到的更多。

巴布的怪物、竹林深处、故事的结局到底是什么？

当指尖碰到熟悉的触感时，喷射机的声音又徐徐滑过。

我夺回自己发红疼痛的手，指头如火烧灼。凝视手指，胸膛剧烈起伏，冷汗爬遍全身之际，我不禁缓缓闭上眼睛。

我碰触到的，是人此生绝不会遗忘的感觉之一……幼年时第一本日记的封面，摸起来就像蚕丝、像夏天。

然而我不必打开日记，也知道那是一个完美无缺的骗局。内页会写满我与巴布的冒险、我与巴布的友情、我们一同杀死面貌不清的怪物。

巴布终究是活着，只于我的回忆、我日记里，永远存在。

（这岂不是我送给自己最宏大的谎言吗？）

逐秒倾斜的阳光送来蝉鸣。

在家待到凌晨两点，天还暗着，我准备回海边。路上，一群烤肉的少数民族朝我喊，也不光是他们，各种各样的人，老的小的，就在摇摇欲坠的破烂铁皮底下围一团火焰说笑，铁皮后方，则是高耸巨大的人造碑，上面四个字：日升之乡。我突觉渺小不堪，在无边无际的蓝色中与这擎天四字相望。这儿确实是迎接太阳的所在，无论以何种意义、何种心态，无论大地是否荒凉残破，无论你是贫穷或富有，无论你是美、是丑、是老、是幼，太阳依旧升起下落，太阳只是太阳……

于是悲伤。尽管悲伤，却不知该怪谁，好像也不是谁的错，这无由的悲伤，就和当时穿过我的风一样很快远去。

有人叫我，便回神，曾偶遇的大胡子男人脸上光影跳跃。我走过去，他手中的啤酒飞过来，我忙接住，他看似乐极，问："解完你的谜没有？"

"解完了，你们在做什么？"

"烤肉啊！"

"为什么烤肉？"

"没有家，没有炉子，大家就一起烤肉啊！"

"我能加入你们吗？"我握他的手，"你叫什么名字？"

"巴布。"男人笑呵呵地说，"在我们部落，这是山猪的意思。"

  我刚要回答,但遭一阵惊叹打断,我俩寻声仰头,眼球渐感刺痛,绝非阴沉沉或黑暗、邪恶,只是赤裸以及无可规避。

  (现实迎风破蛹。)

  此时,人人都望着上升的光团欢呼,而我不。

  因为只有我知道,那是个不折不扣的怪物。

流光似水

千禧年前后真的发生很多事情。至少对于后来成为日升之乡居民的我们来说，有些东西因为千禧年而在一夕间诞生了。当时光轻轻越过上一个千年与下一个千年的交接处，那些东西不仅仅诞生，也永远地留存下来，随即便被人们抛弃在潺潺流逝的过去之中。

阿旗死了以后，他的律师寄信给我和陈又、圣威三个他要好的小学死党，嘱咐我们在跨年前一晚到他位于台北101旁的住处，要请我们把一样东西还给他。老实说我很意外，人都死了要还什么呢？再说小学毕业后阿旗和圣威去念了乡里的烂初中，我和陈又到台东市区就读，从此四个人渐行渐远。

我想也没想过阿旗虽然初中毕业就没再继续升学，却靠着天生直觉改良释迦赚了一大笔钱。他引进热带美洲原种冷子番荔枝和最新释迦配种，创造出口感酸甜、气味犹如苹果的新种释迦。听说他种植释迦还有一个不欲人知的方法，阿旗不像他的同行那样在夜晚以强灯照射释迦树，延后其熟成，反而按照太阳升落的频率给释迦休息的时间。阿旗曾在我偶然回乡时对我说过，普通的释迦都怕风，只有他的不怕，他的释迦园就在海边，永远第一个吻食从太麻里东海岸徐徐爬升的曙光。温柔的海风也调节了释迦园的湿度，阿旗的释迦果肉紧实绵密，不像一般释迦松弛软烂。

阿旗以前就是个不可思议的人，他那间据说是以日式清水模工法建造而成的屋子，从外观看来和邻近的高级住宅完全不同。我来到他遗留的住所前，从口袋里取出附在信封里的一把钥匙，插入锁孔后轻轻转动，此时身后传来一阵圣诞节时残留的铃铛脆响，好像还有小孩子笑闹奔跑，我转过头，看见一棵来不及收束的圣诞树，缠着树枝的小灯泡莹莹而下。不远处是101大楼和底下沸腾的人群，这么多年过去，我已经受不了城市中为节庆而嘈杂的氛围，阿旗有一次跟我讲，觉得我们曾经都因为那些嘈杂，在心里留下伤痕。

阿旗的屋子很空旷，没有特意装潢，只空空地摆放有招待朋友的矮方桌和两张长沙发，陈又已经先到了，坐在沙发上抽烟，见我到了，静静地招手。

"阿旗这小子真会享受，这么大一片落地窗。"他递给我一支烟，被我婉拒了，这时我留意到屋门边是阿旗移入室内的灵位，大头照选得怪，是阿旗十五六岁时的照片，他死时却是三十多岁的成人。我觉得好像回到我们初中毕业离开家乡的时候，好像我们昨天才互道再见，好像现在死去的阿旗其实从没长大过，一直是这么小小、稚嫩的样子。

不过话说回来，这就是当年爱装忧郁、眼睛大而温和的瘦子阿旗会干的事，他就是那种平时很安静，实际上却会在学校制式帽子里自己用针线刺上一朵红色玫瑰的闷骚小孩。

我向陈又看去，他的眼睛闪闪发亮，眼角带有细细的纹路，仿佛欲言又止，却也一切尽在无言。此时屋门再度被打开了，圣威的脸越过门楣以前仍残留着不知何人、长大后的陌生感，不过当他走入屋内，随着步伐，那张脸渐渐地就和所有已经等在里头的我们一样，变得和小时候没什么不同。

"好久不见，大南桥底下。"圣威一手啤酒，嚼着槟榔的红红微笑对我们用小时候的暗语打招呼。

"太麻里隔壁！"我大喊，陈又没有跟着我喊，他犹疑地看着我们，示意大家坐下来谈。

我们刚才说的那两句话原本不太好听，直到有一次我们在阿旗爸爸的果园里冒险，意外捡到一张藏宝图，藏宝图上秘密地写着：太麻里隔壁，大南桥底下。这两句话其实暗示了一个巨大宝藏的隐藏地点，也就是说，宝藏就埋在"太麻里隔壁"以及"大南桥底下"的地方。后来我们找了一整个暑假，都快把大南桥挖倒了，却没有找到，但我们宁愿相信是我们太笨了找不到，也不愿怀疑藏宝图的真实性。结果这两句话渐渐演变成我们四个碰面时打招呼的问候语，要不是圣威脱口而出，我大概也忘了好多年了。

我们坐下来开始喝酒,有一段时间,谁也没说话,就连一开始活泼进门的圣威也只在咬去槟榔头的时候,轻轻地发出一声"咔"。谁都没提阿旗找我们来是要我们还他什么东西,也许其实根本就没有,只是念旧的阿旗想借着自己死去的机会,把我们几个难以相聚的童年好友重新集结在一起。

"话说回来,那是什么鬼东西?"终于,圣威像过去一样难以忍受长时间的沉默,他越过我的肩膀指着落地窗旁一件奇特的机器,刚才进屋时我没注意到,坐的位置也无法看见,听圣威一喊,我好奇地转过头仔细端详:那是一件围着白色方框的小机器,中间有个像风扇一样的银色圆盘,悬挂在墙上的机器底部垂下一条拉绳,并拖着一条更长的电线直达地面插座。

"那玩意就是个白痴电风扇。"陈又不屑地开口,现在是冬天,屋内冷冰冰的,空旷加上冷冰冰导致我们谁也没想要去拉下机器的吊绳,确认看看它是否真是电扇。

"可是有电扇做那么小台的吗?"我问。

"对对,而且还那么漂酿。"圣威故作俏皮地说。

陈又喷了一声,捻熄手中的香烟走向机器,而在他动手拉下吊绳的前一秒,我忽然想起来那件机器真正的用途,虽然我也没见过实品,但以我过去学设计的背景早该发现了才对。

陈又轻轻拉了一下吊绳,风扇开始转动,却没有风,取而代之吹出一首乔治·哈里森的《太阳出来了》(Here Comes the Sun)。

骤然出现的音乐声让陈又和圣威都吓了一跳,他们询问地望向我这里，我在座位上啜了口啤酒，说："这是日本设计师深泽直人为无印良品设计的 CD Player，他在一九九九年创造了它，二〇〇〇年开始贩卖。"

我只说了这些，因为受欢迎的设计往往有一些致命的缺点，像这台将音乐幻化为风的小机器，它的音质简直奇差无比。但当我看向陈又和圣威，我发现他们脸上没有任何表情，只是用专注的眼神凝视不知何处的远方，沉浸在音乐与深深的回忆里，我于是也沉浸下来，回想我们年轻时在乡里夜市购买的盗版音乐录音带。

我们四个是听盗版录音带长大的，这没什么好羞耻，毕竟当时也没有唱片行开到太麻里来，我们以前常常说："真是个该死的鸟烂地方！"但这压根不关其他人的事，我是说，除了我们这些居住大南桥底下、太麻里隔壁的人以外，谁也没资格嫌弃它，我们总是一面嘲笑它，一面嘲笑自己，因为我们就活在它的心脏里。

和所有大城市一样，它也有夜市，不过仅限于每周二，而且只有一条街差不多一百米的长度，卖的也无非是一些冰激凌、热狗、俗气的服饰、铜板杂货和抽抽乐。那儿没人认真做生意，反正都是平常熟识的小镇居民嘛，我和阿旗、陈又、圣威每次去都是为了和平常一同上学的彼此玩耍，延长早上下课时光的明显不足。我们知道哪一间摊子是谁家做主，经常免费吃喝，阿姨叔叔戏称我们四个是"大猫狸小流氓"，大摇大摆地向他们收保护费来的。

其中有些真的在做生意的摊贩,往往是从外地来,他们看准所有小镇无法免疫的风潮,譬如流星花园F4刚出来的时候,我们就见过班上一堆女生疯狂抢购便宜海报的画面。至于我们,则最喜欢靠近夜市出口的一间音乐录音带摊贩,我们会跳过妈妈大婶喜欢的卡拉OK金曲三百、中辍大哥哥最爱的舞曲帝国,将手伸向摊贩大叔为我们预备的阴暗角落:第一列摆放有古典音乐、西洋情歌选,再往上则是披头士、老鹰合唱团、奇想、滚石、枪与玫瑰之类的,我们买最多的是披头士,因为当时摊贩大叔录制最多的就是披头士。

每个礼拜由其中一人买下一卷盗版卡带,再带到陈又家。他家有个亲戚送的最神秘兮兮的播音机,两个卡槽,一个放刚买的录音带,一个放陈又奶奶的演歌带,陈又只要熟练地按下几个键,就可以把《艾比路》(Abbey Road)整卷写进陈又奶奶的演歌带里,把演歌洗得干干净净。在拷贝时,必须先把录音带从头到尾播放一次,所以我们四人最初会有一次机会,是可以一块听音乐的时间。

我们一直到初中都在听盗版音乐,甚至到了能够理解英文歌词的意思时,我们还会拿内容来开对方玩笑。譬如我们四个平常都爱熬夜,非睡到自然醒不可,有一天阿旗忽然开始早睡早起,我们就围着他大唱《深受尊敬的人》(A Well Respected Man),还有《嘿,朱迪》(Hey Jude),我们老是忍不住唱成《嘿,猪》,用来欺负杂货店刚开始上学的小胖妹。

"那时候不是流行F4吗?"陈又冷不防说,"结果我们不想当什么娘娘腔的 F4，就说要当披头士。"

"对，以前我们都抢着演保罗·麦卡特尼或约翰·列侬，只有阿旗，每一次都要当乔治·哈里森。"

我们沉默了一下。

"乔治·哈里森也死了吧？"我小心翼翼地问。

"我听说他在千禧年前夕遇刺。"圣威吐出一口槟榔渣道。

"不是，他那次没死，是在两年后因癌症死去。"

"真假？我还以为他会选择死在千禧年。"

"为什么？"

"如果是我，我会选择死在那时候。"我们都望着那重复播放着《太阳出来了》的 CD Player 风扇转呀转，谁也没留意到最后那句话是谁说出口的，我不敢转头确认，我觉得那个声音轻柔得就像年轻时的阿旗。

"你们记不记得有一次听录音带的时候，阿旗讲了一个笑话，我们笑好久，全世界大概只有阿旗讲得出那个笑话。"陈又再度点起一根烟，静静地说。

我记得，我们谁也忘不了。

那是在说一个过气的老摇滚明星，他以前最爱在演唱时拉长音，拖到台下观众为之屏息，深怕他这口气再也回不来。六十年代是摇滚乐锋头正锐的时候，到了九十年代，老头子就像所有青春不再的男人一样，对过去怀抱狂热，想证明自己的时代依然没有消逝，他准备开演唱会，怕没人来听，瞎掰说这将是他拉长音拉得最久的一次。老头子过去最高纪录是二分三十秒,只比当时的世界潜水最高纪录少了一分五秒,更别提潜水那人是在海底一百多米,但老头子说这没有差异,舞台上也有水压,来自音乐、节奏以及台下歌迷的期待,所以他可以理解潜水员欲罢不能的心情。老头子演出当天,来了比过去最盛时期多了三分之一的观众,老头子卖力演唱,观众们静静地看,直到最后一首歌,老头子说:他要拉长音了,大家来帮他读秒吧。台下传来零星的读秒声,老头子拉着飘忽的尾音,头仰得高高的,二分三十秒、二分三十一秒、二分三十二秒⋯⋯最后超过了整整一分多钟,甚至也超过了世界潜水纪录,老头子抱着吉他倒落在地,不断吐出最后的音。他的经纪人惊恐万分,深怕惹上官司,于是叫来救护车,医护人员一看,不能说老头子死了,因为他仍在拖长音,可是他的心脏已经停止跳动,还有他鼻腔与胸臆的状况,在在表示这名摇滚明星死于溺毙,现场却连一滴水也没有。

"难道他是被自己的口水呛死的吗?"一个叫作杰克的新进医护人员问。

"谁知道,也许吧。"开救护车的赛门嚼着口香糖说。

后来摇滚老头的经纪人把老头子永无止境拖长音的躯体送去了博物馆,因此发了横财,虽然不及老头子过去为他赚的那些财富,还是一笔意外之财。有科学家研究了老头的尸体,发现老头在演唱前从自己胸口开了个洞通往喉咙,于是只要有风,声音就可以通过胸口到喉咙产生持续不断的尾音。尽管如此,这件事依然有其无法解答之处,出于某种原因老头子驯服了一阵风，否则世界上没有一种风能如此密集又连贯不歇地从他的胸口吹过心脏，再吹出喉咙吧。

这就是阿旗告诉我们的笑话。我们今天又重新说了一遍，也依然在菜鸟杰克天真地问"难道他是被自己的口水呛死的吗"那时放声大笑，没有办法，实在太他妈的荒唐了。故事里的杰克和赛门始终没有换人，直到二十多年后的今天，他们还是存在于笑话里，就像比我们更了解我们、不会长大的幻想朋友，我们为了杰克和赛门带来的熟悉感笑得掉下泪来。

"不管怎样，如果又一个披头士被疯狂歌迷杀死，感觉会像是整个披头士不可避免的悲剧命运，也许乔治是不想让剩下两个人担心受怕。"

我点头，但其实我一直觉得乔治·哈里森只是不想和传奇似的约翰·列侬有相同的死法。

尽管如此，至少对我来说，那个千禧年是属于乔治的。

"阿旗到底想跟我们要什么呢？"我喃喃地问。陈又与圣威纷纷望向我。我知道，是时候讨论我们四个人曾经共有的一个秘密了。

"你们记得小阳吗？"

当我小心地掷出问题，陈又默不作声地往烟盒里拿烟，圣威则上半身往沙发靠背倒去，目光呆滞、嘴巴半开，《太阳出来了》持续演唱：Little darling……Little darling……

"当然记得。"

我们四个一起读乡里的小学时，曾经喜欢过班上一个女生，她是少数民族，但看起来又白又美，妈妈告诉我她是阿美人，所以才那么漂亮。小时候的我根本不知道少数民族是什么，也因为这样，我很容易接受那些我原本不知道的东西，而且觉得是理所当然的，我还问过妈妈我是哪一族，结果妈妈说我是汉族，当时我还因为自己不够特别而黯然神伤。在小学里，少数民族几乎比汉族还要多，没什么好奇怪的，圣威是个纯排湾人，陈又是半个卑南人，他原本姓王，名字写起来简单轻松。要升初中以前他改从卑南人母亲的姓，好争取少数民族升学加分，从此王又变成陈又，他和我们几个死党一点也没有考虑过将来他会因改姓得到的种种好处，那时候我们只觉得这家伙再也不能用六个笔画半秒内完成自己的名字，实在太可怜了。而想到未来一生要多写那么多笔画，他自己都觉得很委屈，我们最后无法克制地把他嘲笑得含泪跑出教室。

重点是，那时全班有那么多少数民族，最漂亮的就数小阳，才四年级就比其他女孩子都高，胸部微微突起，皮肤白白软软，眼睛笑起来眯眯的，仿佛含着阳光。以前上社会课，老师要我们一个一个站起来向大家自我介绍，叫什么名字、今年几岁、生日几号、最喜欢什么等等的蠢问题，我们大家从一年级就同班到现在，比起我们，每年都换的新老师更应该对全班做一下自我介绍吧？不管怎样，假如说四年级这堂社会课以前我们男生谁都没有注意到小阳这个女孩子，那天过后，没有一个长了鸡鸡的眼睛能离得开小阳。

小阳站起来，扭扭捏捏地低头说了混乱一通，最后停顿了，我们都以为她面对新老师吓个半死，当时是个很棒的夏天，蝉的叫声填补小阳低头安静的空白，小阳不说话的时候，整个世界都在等她，然后她突然对着自己书桌上的橡皮擦屑微微一笑，抬起头开心地大叫："我最喜欢太阳！"

我、阿旗、陈又和圣威在那天社会课结束后，一起躲在篮球场上吃冰棒，我们热得头昏眼花、汗如雨下，再冰再甜的冰棒都无法缓解心里的痛苦，不知道是谁先说："你们不觉得小阳很白痴吗？"

其他人就像抓住一根救命稻草般纷纷抢话："对""讨厌死了""臭女生"……只有阿旗在我们胡乱发泄过后，轻轻地用一种温柔的声音讲："听说小阳家里原本有四个弟弟妹妹，但是现在只剩下一个，因为她有一个弟弟和两个妹妹在台风水灾时淹死了。"阿旗当时的手指我记得很清楚……他的手指，不是眼神，阿旗很小就学会如何用眼睛隐藏情绪，可是小孩子仍然生硬的手指头透露一切，阿旗的手指在温暖的夏天里簌簌发抖。

后来，阿旗就不和我们一起逛夜市了，他拿我们一起录制的音乐录音带给小阳听，还向百般不情愿的陈又借收音机，我印象很深刻，阿旗手上曾经有过的完好录音带已经被我们三个偷偷把磁带拉坏，剩下唯一一卷，也只能播放唯一一首歌，就是披头士的《太阳出来了》。

我和陈又、圣威开始欺负小阳，觉得她抢走我们的兄弟，只要能让她哭泣，我们几乎什么都干，把她的铅笔盒藏在水沟里、拿蚯蚓弹她的脸、对她吐口水，大声嘲笑她初潮的来临。

阿旗很想对我们生气，但他不能，因为我们是他最好的朋友。而我们小小年纪已经隐约理解到，阿旗和小阳之间发生的事，本质上意味着自私。

"千禧年那晚，全世界的镜头都照着太麻里，算算起码有几百万个镜头、几十亿人的目光吧。"陈又靠着阿旗屋子的落地窗，伸出手戳戳窗外万头攒动的人潮。

"啊，要放烟火了。"

101顶端出现数字倒数，六、五、四、三、二、一……灿烂闪耀的光流缓缓溢出，从黑夜的中心迸发色彩，人群的眼睛朝上意图盛接，却一无所得，为了一无所得的快乐如此快乐。

"明明有那么多人看着我们，为什么没有一个目光发现小阳呢？"

阿旗和小阳的事一直持续到我们六年级的冬天，千禧年那晚，我、陈又和圣威没有参加跨年晚会，而是瞒着阿旗带小阳到太麻里溪，我们知道小阳很怕那条溪，因为那儿的水葬送了她的三个弟妹，小阳一开始不太想跟我们走，不断重复说阿旗等着和她一起看第一道曙光，直到我们讲了关于她弟妹的事。

"你们怎么知道？"

"阿旗说的。"

"阿旗很担心你这件事。"

"如果你不把这个害怕的病治好,阿旗也会很痛苦喔。"

我们让小阳双脚泡在河水里,在那一刻决定将来再也不欺负小阳了,如果阿旗和小阳都很喜欢对方,我们也会喜欢他们这样。我们决定在新的一年为阿旗做这件事,我们要和小阳一起完成它。

小阳先将双脚泡在河水里,一会后慢慢蹲下,再转过来让身体整个坐到水中,最后只剩下小阳美丽的头漂浮在河水之上,水面闪闪发光,我们选择的地点距离出海口很近,而太阳已经出来了。

第一道曙光蜿蜒于阵阵温柔的海潮,像个行走于水波之上,很长很长的人,亮晶晶,说不出什么颜色,可是非常辽阔且完整,纯洁的,没有受过任何伤害,它温温地来了,数不清的细长的小手,举起小阳的头,欢快地送往远方天际,太阳出生的地方。

我、陈又和圣威全都睁大双眼、颤抖嘴唇,不敢相信眼前发生的事,竟会有这种自然平和的悲剧存在着呢,我们谁都不敢提起它,深怕破坏了留存在记忆里的奇迹。

我一直记得我们浑浑噩噩走山路回家的那段时间,天空始终灰蒙蒙,太阳好像不再升起,而光线凝结,世界为小阳的沉默等待,它还不知道小阳已经死去了。那时除了我们三个人,谁都不知道,连不可思议的阿旗也不知道。

我们因此感受到某种快乐。

许多天以后,小阳的尸体才在出海口附近被发现,隔日她的讣闻像一口方方的小棺材，被安置在那时文字仍是由右至左的报纸一角。

大人们不太谈论这件事，因为我和陈又、圣威还只是小孩，他们不认为是我们害死小阳，而小阳家里现在只剩下一个女儿了，那个孩子后来改了族名叫母诺，意思是烂掉，小阳家里的人希望神灵不要理会这个只会烂掉的小孩，让她平平安安长大。

那天以后，阿旗看起来没什么变化，只是比以前更加安静，也不再和我们玩耍，我原本害怕阿旗知道我们带小阳到溪边的事，但后来我们谁都不敢跟阿旗说话，也无从得知阿旗是不是生我们的气。

很快地，随着千禧年第一道曙光过去，我们也从小学毕业，升上初中，我和陈又到市区念中学，阿旗和圣威则在乡里的初中就读。我们四个渐行渐远。

"我初中和阿旗同班。"圣威忽然悠悠地道，他的牙齿殷红如血，讲出的话每个字都有槟榔滚来滚去，"我有问过他知不知道小阳为什么会死掉，他说不知道，也不晓得小阳那天为什么要到太麻里溪那边，明明小阳最怕那条溪了。"

陈又吁出一口烟气，望向阿旗灵位的神色仿佛在问：这样你满足了吗？

阿旗遗照上年轻的面孔瘦削平静，眼睛从不流露情绪，我们现在知道，这就是他要我们还给他的东西。

他已经死了，就和小阳一样，我听说他后来和小阳的妹妹母诺结婚，母诺也死得很早，没给他留下任何孩子。

阿旗已经死了，我们心中既伤感，又觉得无比轻盈，好像可以飞上天似的，对于过去在太麻里溪边迎接千禧年曙光的回忆，此刻回想起来模糊而梦幻，就连小阳随波而去的美丽头颅，在我的印象中也仿佛绽放着灿烂笑靥。

我们无言地将手中啤酒轻轻碰撞，连着阿旗的那罐，我托在手中，无论如何，阿旗仍是我们最好的朋友。

没错，千禧年前后真的发生很多事，我曾经想，如果是我，我会想要死在那一天，我是不是不小心把真正的想法说出来了呢？更重要的是，我想阿旗会赞同我的。

全新一年的开始，我就和我最要好的童年玩伴坐在这间洋溢着《太阳出来了》的房间，将漫洒天际的火树银花看成在黑夜中骤然破碎的太阳。

Sun, sun, sun, here it comes

Sun, sun, sun, here it comes

Sun, sun, sun, here it comes

乔治·哈里森创作《太阳出来了》时，披头士正面临崩溃瓦解的命运，某一天，乔治在自家弹奏吉他，无意间看见照耀在吉他上的一束阳光，倏地感受到救赎，他以极快的速度写下这首歌，阳光随着他的弹奏四下流溢。

陈又和圣威看着我，像是等着我说些什么。

我说了："昨天我在外面过夜，晚上梦见自己睡在一辆蓝色拉风车的货斗上，那是我太麻里爷爷的福特老货车，车子行驶于满山遍野橙黄明亮的金针花田，我知道，现实中的金针花不可能种植在这种平坦的原野，也不可能如此金黄，像阳光一样，而我躺在小货车后方，晒着暖烘烘的太阳，觉得好舒服啊，我就这样被暖暖地晒醒了，醒来以后，发现屋外正下着滂沱大雨，雨水敲打铁皮屋顶，那声音真是好听。"

山鬼

一

　　大学毕业，我搭乘南下列车回返家乡，那是一处终年云雨缠绕的山间河谷，父亲的农田坐落于此，每过午后，山陵背面的阴影潜伏向下，带来雾的幽魂。幼时我爱好对其吐气，山林的雾遇上生人来自胸腔温热的气息，总如兽崽探出湿漉漉的鼻端，仅是轻轻一触，便惊愕后退，须臾间，又好奇地伸展小手，以其独有的湿冷气息与我唇吻相依。

　　列车在多良车站停妥，尚未下车，我在车窗上见到了月台上的父亲，他正蹙眉点燃一根烟，发量浓密的头颅被污黄的头巾包裹，虽已年过不惑，父亲面孔的威仪未有轻减，加上农事劳动的粗壮手臂，使他看来依然年轻、英挺。脚上一双做工时惯用的雨鞋，塑胶鞋面满是斑驳的黄泥，循着黄泥，可以察见他来时足迹。我想象他拖着鞋印在雨雾中蹒跚而行，推开车门，我和父亲对视，我说：爸。

父亲深色的手指夹住方点燃的香烟，瞠目望向我，仿佛并不看着我，他张开嘴喃喃说了些话，乍听之下好像是：你怎会在这里？

香烟的烟气一时间模糊了父亲的面容，我忽然发现，父亲不小心将香烟拿反，正将点燃的烟头往嘴里送。可我不确定，只是眼睁睁地让父亲含住了烟头的亮点，他闭目，隐忍地皱眉、咋舌。

我们离开车站，父亲坐上他的蓝色福特，询问我想坐副驾驶座还是货斗。他说话时，舌肉侧面的伤处隐约可见。我想起每年清明节扫墓，总是和亲戚的孩子们一起坐在父亲的货车后方对着蓝天下的狂风呼号，往年清明节天气晴朗，不似如今阴雨绵绵的景况，而我也长大了，对父亲摇摇头，坐上副驾驶座。

路程中，我们沉默不语，父亲不时舔着口腔里的伤处，发出微弱的咋舌声，我透过车窗望见山巅云雾笼罩，从风向推测，下午三点左右雾便会下降至父亲的农舍。

父亲是看也不必看的，这座山乃至于他的农园、农舍，形如延伸的躯干，多年来他早已习惯。我窥视父亲的侧面，他正将货车转进山间小路，轮胎碾过碎石子的声响震惊林中鸟，随着山愈深，雨雾愈浓，树木叶色也愈重，那湿润的深绿，吸附了山间水汽，是我童年百看不倦的景色之一。

山上特有的植物气息因车子愈往深处而愈是清晰，混杂其中的某种香气，调动我与父亲过往回忆，但当我抽动鼻子试图捕捉水雾里若有似无的香，父亲已关上窗，让车在山坡上颠簸而行。不知过了多久，车子终于停稳，父亲望着我，伸手粗暴地拍了拍我的肩膀，我们几乎在同一时间打开车门，下了车，我拿好身上不多的行李，跟随父亲走入农舍。

父亲的农舍和农园与我记忆并无二致，山谷环绕农田，农田环绕农舍，富含水分的空气弥漫一阵鸡屎味，我问父亲不是已经禁止使用鸡屎作为肥料吗？父亲隐隐露出不合适自己的微笑，后来我才知道，父亲向出售肥料的商家购买鸡屎时自称是远从花莲来的，于是对方便二话不说卖给他。

山谷间满是浊重的肥料臭味，使得方才在车中闻到的清淡香气宛若错觉一般。

父亲催我到农舍歇脚，他穿上防风外套，戴好手套，荷耙迈入终年潮湿的泥田。

自从母亲过身，父亲虽然毫无表示，却将整个气力挥霍在河谷间的农园，午后浓雾夹带细雨聚集，我倚在农舍门边，只见山荫里他防风外套上荧光微烁，犹如鬼魅磷火森然。

父亲在一畦一畦农田里整地，耙子埋入土壤，施巧劲，抖索个四五下，整列土堆便极尽松软，接着用磨利的水管插入土中，造出小洞，一列完毕，再将种子播入洞中，以少许泥土覆盖。

我回头收拾父亲与我的房间，农舍极小，水泥糊的地面沾满泥巴鞋印，从我有记忆以来一直是我、父亲、母亲睡在同一张床上，即便我成年也不曾改变。说来怪诞，初中第一次上健康教育课后，我回家总故意装睡，渴望听见父亲与母亲狎昵的动静，却是从未有过。父亲与母亲忙完农事，有时甚至不加梳洗，直接带着湿泥与嫩绿的细叶并肩躺下，只需片刻，我再睁开眼时他们已酣然入睡，我甚至还记得当时年幼的自己在黑暗中睁开眼，看见父亲母亲并排入睡的僵直身躯，竟感到一丝古怪的雀跃。父亲母亲于黑暗里吐出的气息，对山的体温而言太过炙热，因此我看见的是一小团悬浮于他们鼻端的白雾，在夜间的月光下时浓时淡，而我误解于自己的出生仿佛也是他们呼出的团团白雾，我感到自己如稍纵即逝的它们一般纯洁、白净。

父亲踏着黄昏的雨归来，见我已收拾好行李，便从农舍附近的菜畦摘了颗高丽菜准备烧饭，我站在联结厨房与卧室的狭窄走道，并不确知自己该做些什么，因此只静静地盯着父亲移动的背影。我想起父亲过去严肃、耿直的性格，据说幼时也和祖父一起生活在同样的农园、同样的农舍，就在这同样的山谷，但父亲并未阻止我离家求学，不曾嘱咐我应当继承他的土地，或者告诫我不应当同他一般。

父亲烧好了菜饭，招手唤我。折叠桌上摆放了几盘虱目鱼肚、清炒高丽菜和一碗专属于我的猪脚面线，父亲自己则是半碗撒了苦茶油的白米饭。父亲深知我酷嗜猪脚，才特别准备的吧。我拿起筷子，半晌，听外头雨声渐歇，只余水滴敲打塑胶桶的声音，农舍内的厨房阴湿寒冷，我慢慢咀嚼，不时瞥向父亲，而他仍为了早晨的烫伤无法正常吞食。

父亲放下筷子，问我回来有什么打算。

我吞咽口中的面线，良久，忆起毕业前一位老师对我说过近年政府正在推广青年返乡的创业贷款。我向父亲说明这项计划的可行性，并希望明天能和他借用小货车，以方便到市区进行申请流程。

父亲点头同意，我们分食虱目鱼肚，父亲见我无法用筷子划开鱼肉，便以筷嘴替我按住。饭后，我将碗碟清洗干净，父亲在一旁接过洗净的碗盘，偶然间我的手与他的手相碰，发现他深色的手指皮肤皲裂，而水槽内塑胶水管流出冰冷的液体，冻得我瑟瑟发抖。

或许是水槽上方的纱窗正筛进淡薄的水雾，而水雾移动的模样似有动静，致使我想起了年幼时母亲曾对我说的乡间传奇。我于是转头问父亲，是否记得那些故事。

我本意想与父亲谈论母亲生前说过的神怪志异，那向来是我童年记忆里稀罕的乐趣，父亲在听闻我的话后，却陷入了寂寥的沉静里，不发一语。

我独自怀想母亲向我述说山中菟丝幻化为人的形貌，藤缠树缠死，台风过后在河谷间纵走的腐木，以及数丈高的巨树如古生物般在白雾飘荡的山巅缓慢移动，据说，它们横跨谷与谷之间的一步费时千年，根部入得深严，动静间是拔山的，只不过太慢太慢，人类肉眼不可得见。

这天晚上准备入睡前，父亲指着过去一处储物间给我，说那是替我预备的书房。我打开储物间门，室内清扫得十分干净，只有一张方桌、一把铁椅、面对父亲农园的小窗，还有半截垂泪的大红蜡烛。

山上容易停电，父亲告诉我。又说我是读书人，需要一间自己的书房。

我在书房逗留许久，试着就蜡烛微光阅读，窗外夜雾侵入摇曳不定的火光，我呼出一口气，雾微微退缩，复又推进，我深深吸入一口雾气，凝视吐出的热雾悬滞于夜。

我做了一个梦。

梦里，我仍只有父亲腰部般高。我与父亲坐在一部大马力探险车内，于围绕农田的山峦间驰骋。

父亲的左肩上扛着一把传统猎枪，右手既操纵方向盘也拿烟，他满心欢喜地对我说着什么，舌上的烫伤如一枚戒痂。而我也诚挚地回应他，尽管我和他都不懂对方的话。

我们愈往深山行进，一股熟悉的香味便愈是鲜明，我忽然意识到我们正在擎天的巨木间奔驰，古老巨木透着雾并透着光，影影绰绰，散发阵阵鬼魅的香。

梦中我忽然又能与父亲对答，我问父亲那是何树？父亲答：牛樟。

于是，幼小的我在梦中目瞪口呆地仰望名为牛樟的神树，见它们高耸入云、并叶而立。父亲将探险车开得愈来愈快，我眼前的巨木在雾中也成为错落黑白的模糊光景，只剩下香味在雾中无声地爆裂。

末了，父亲将车子停妥在一条山坡路上，这时我才发现我们是如此地接近山顶，也因而隐身于浩瀚无边的白雾当中，父亲与我趴在雾间，拨开一处湿润的草丛，向下望过我们山谷间的农舍与农田。

父亲说：儿子，你看我们家是多么小啊！

我回答：是的，爸爸。

父亲端起猎枪，那是一把老式火绳枪，父亲从口袋里取出铅弹和火药，将其填入枪管，他熟练地摆弄着枪，而我仅仅是呆望他，看他专注的眉宇间正逐渐凝结一颗晶亮的水珠，并且隐隐向上飘浮。雾将我们团团包围，以至于即便我们靠得如此近，也依然不能辨别彼此的样貌，我唯有从他香烟火光时明时灭的频率揣测他的呼吸。

雾向上升，我更清晰地望见我们的家园，令人惊讶地，我看见一只娇小美丽的鹿正在父亲的菜畦里嚼食一片肥硕的菜叶。那是一只无角的母鹿，身上白斑点点，轻悄行走的模样好似即将消逝在雾色里，她灵敏的耳朵不时摆动，倾听周遭动静。

父亲呼唤我幼时的小名，倏地将我揽在怀里，指引我握住他散发火药臭气的猎枪，等他协助我瞄准以后我才明白父亲要我做什么，他用自己即将燃尽的香烟点燃了引信，母鹿抬眼望过来，她看着我的样子，就好像知道我一生中所有的故事。

这长年在现实里无法被驱散的浓雾，最终被我手中枪的巨响打穿出一个洞，洞里洒下久违的阳光。

那只鹿静静地倒卧在我与父亲的农舍边，漆黑的眼睛望向远方。

此时，我发现整座山就如母亲所说的那样正缓缓移动，山巅伸手将我与父亲送往天空中的洞，以及那一小片阳光，我们亦伸出手，被雨雾打湿了的手，而我们是无法被接纳的，我知道。

父亲在我身边大声地哭号。

我惊醒了，从打着微雨的窗边猛然站起，我发现自己依然孤立于父亲给予的书房当中，雨声点点，父亲哭号的声响更加清楚。

我来到过去父亲与我、母亲一同生活的卧室，那是第一次，我看见父亲非人样貌——他两眼无神凝视黑暗，张嘴无话，胸膛剧烈起伏，并不着一字一言，只是惊叫不已。我惶惶等在一旁，直到父亲猛然吐气，往后倒回床上。

其后，我无法与父亲共处一室，只得回到书房就着烛光读书，并光影游动的文字入睡。直至早晨，我俯在方桌上的脸面有了深深压痕，抬头便能看见稀微的光线穿透云雾，寂静地敷在父亲的农田，远远望去，父亲身着荧光外套的身影是白茫茫的山色中唯一清晰的形状，我在书房中高喊父亲，而父亲朝我转过身，挥挥手。

如同水中呼吸一般，我于此地发出的叫喊透过层层水雾更能清楚地传达到父亲耳中，父亲朝我挥手，我亦朝他挥手，我每挥动一次手，父亲的身影便滑动似的离我更近一些，待我挥了三次手后，我听见了农舍屋门打开的声响。

午餐时，我问父亲是否记得夜里的事，他缄默不语。

我提醒父亲借用小货车一事，父亲才如梦初醒般微微点头。

　　下午，我试图遗忘昨夜的古怪遭遇，驾车前往市区执行申请流程的银行，在那儿，仿佛每个人与我都是一样的，看不清面孔，却拥有相同的腔调与衣着。程序平和地进行着，先领过号码牌后便在等候室静坐，片刻轮到我的号码，遂带着准备好的表格与资料前往单一会谈。我和一名上了年纪的女士讨论一份资料里内括的企划书，不知什么原因，我竟把企划书的格式弄错了，那位女士告诉我要是经过仔细的修改，必定可以通过，我应诺了，约好过几天再度会谈。

　　离去前，我站在建筑物外头的柏油马路上，从手指的遮挡下窥视太阳。

　　这莫可名状的当下，我忽然想起自己少年时在市区就读初中的过往，不知为何，那时的我早晨起床总无声流泪，任由母亲替我更衣梳洗。我害怕离开山谷中的农田，离开到一个非我族类的群体，那时坐在交通车上的我，红肿的双眼迎向海滨公路初升的太阳，满心觉得那是一个景色如此优美，却也如此残暴的世界。

　　我走向父亲的小货车，听见有人呼唤我的名字。转过身一看，是个身材粗壮的少数民族男人，他自称是我的小学同学，如今在林务局做巡山员，名字叫巴布，而在他的部族里，巴布是山猪的意思。

　　他请我抽烟，我们一块靠住被太阳晒暖的墙面，眯着眼、屈起腿，在凝滞如蜡的光线里交谈。

他问我何时回来？有工作没有？是否还和以前的同学联络？我一一答复，他听闻我仍住在山谷里，嘱咐最近山老鼠猖獗，最好当心，我加以追问，他便说山老鼠放话要山中一棵千年老牛樟倒下，此树似乎就在我熟知的其中一座山上。我听得入神，巴布又告诉我，这些人其实是都市来的毒虫，将一棵棵老树当作山上的提款机。

我为他纯朴的比喻感到可亲，想象山中一棵棵树全变成了昔日在城市求学时的高楼大厦，只是这座城市空无一人。

二

我驾车回家。

遥远地，见父亲独自呆立在农田中央，仰头张嘴，迎接从天而降的雨，我走近时，父亲伸出的舌尖看来脆弱、可怜，遑论舌面上的烫伤，非但不像梦中的戒疤，还露出深红色的嫩肉，似有些糜烂。

我正要进屋，父亲却叫住我，询问是否还有事忙。我否认了，父亲便领我到农舍边的菜园，指着一列套有塑胶布的菜畦，要求我替他把塑胶布全数拆除。我低头应诺，虽不知父亲为何突然要我帮忙，我仍蹲下身静静拆扯塑胶布。父亲没有给我手套，我在拆除的过程中脏污满手，湿润的泥土嵌进指甲缝中，胶布下的生物则仓皇闪躲。唯有一条蜷缩的火车虫，并不理会我的侵扰径自熟睡，又或者正因我的侵扰，更加不愿醒来。

即便雨丝细密，我的身体也在劳动中逐渐暖热了。待所有的塑胶布拆除后，我往农舍边的塑胶水桶上坐着休息，水桶周遭尽是父亲讹买的鸡屎肥料，臭气熏天，山谷间水汽蒸腾，空气已是不好，鸡屎味更让我呼吸困难。趁着父亲回农舍烧饭，我遂驾车将一袋袋鸡屎扔至海边，直至夕阳西下归家，父亲已在农舍里备好晚膳。

用餐时，我哄骗父亲鸡屎肥料尽数发霉，只好将其扔弃，父亲没说什么，只是如在多良月台上第一眼看我时的模样，静静得仿佛不敢相信我就在此地。我竟也不知该如何回应父亲的沉默，转而向他提及遇见小学同学一事，并意图探问山中千年牛樟，但父亲放下碗筷，嘱我近日别往山中跑，其他再无言语。

晚间我于书房阅读书册，窗外雨雾飘摇，渐融于夜，混杂着鸡屎臭与其中逐渐能被察觉的细微香气，此时，我竟觉得父亲使用鸡屎正是为了悄悄掩盖山中奇香。可是为什么？我最终不敌睡魔，合上书籍，倦怠中如幼时般摸索着暗里的墙来到卧室，父亲已准备入睡，他坚毅的目光淡淡瞥过我，随后脱去上衣躺入床铺，我脱下鞋子，小心翼翼躺在父亲身边。

暌违多年，我再度与父亲同睡一床，我与父亲之间隔了一条手臂的距离，因此，总有股母亲仍会在某时出现的错觉，错觉母亲会横躺于我与父亲之间，在冰冷的深夜中吐出白雾。

入睡前的空白，父亲低声问我申请基金的情况如何，我如实告知，并预借小货车用于下周，父亲同意了，翻身陷入沉睡。

我嗅闻被褥，一时间惊异于扑鼻而来的狂暴香气，这香气同时又是我久远的乡愁，我的母亲，我想起了她，仅仅是她一个摩擦燧石的动作。

　　母亲是山间女子，昔时最爱和雨雾赛烟，父亲曾告诉我他是因为母亲才开始抽烟，而我亦然。母亲抽烟只使用一杆有着特殊刻纹的烟斗，那烟斗在年幼的我眼中红红绿绿、闪闪晃晃，是如今再难以被完整记述的式样。

　　母亲摩擦燧石点燃烟草，一有星火便噗嗦噗嗦吸吐，她能够长时间憋气，最后从她胸口绽放的烟团如长年笼罩山巅的云气般庞然，我以前有过可笑的误解，以为整座山谷的雾都是从母亲的烟斗中诞生。

　　而与烟味相傍的，是母亲衣衫的香。

　　我嗅闻着床上的那股香，渐渐睡着，做了梦。梦中我与父亲在山巅上，依然伸出手朝向洒落阳光的天空孔洞，而我们的动作与整个梦中世界的行进都是如此缓慢，是人类肉眼所不可见的。我知道，我们不可能被接纳。

　　还有鹿悠远的眼神。

　　父亲再度悲哀地号啕，号啕后带有疼痛的哽咽，我于是惊醒了，我看见父亲如前晚那样胸膛起伏急喘，双目圆瞪，全身抖颤地惊慑而起，父亲身上不知什么缘故，竟有如环绕着水雾般流出涔涔冷汗，他眨着眼，液体便从他泛红的眼角淌落。

　　父亲醒了过来，掀开被褥，在屋内凄惶奔走，他欲开门，门锁上了，他扭着门把，却不知将锁打开，他找到我梦中的古旧猎枪，他拿着枪在卧室中狩猎，他瞄准黑暗里不存在的兽类，屏气凝神，良久，他问我：儿子，你看见那只鹿了吗？

我回答：是的，我看见了。

父亲作势将引信点燃，静待枪响，我走向他，轻轻取走他手中枪支。父亲乖巧地回到床上，霎即入睡。

隔日，我问父亲是否记得夜里的事，他沉吟半晌，才说是母亲的香。

一阵一阵牛樟木的香，顺着夜里的怪风送进父亲的睡床，他说以前母亲总用牛樟木熏衣，问我记不记得。

我不记得了，只知道父亲与母亲是在深山中相遇的。许多年前，父亲的父亲在屏东由于贩卖私酒的关系遭到通缉，他一路逃到了后山，在山里躲藏数年，过着鼠辈般的可鄙生活。但与此同时，也因山中林木的沉静与洁净而得救赎，他在这座山里开辟荒土，建造如今我与父亲居住的农田与农舍。

据说，祖父当时不知从哪里借来了一辆挖土机，一点一点挖掘这座山的肌脉，将浸染雾气的湿润黑土倾倒在山壁间的悬崖下，长此以往填出了一片沃土。也就是说，我与父亲的家园早先是以极不文明的野蛮手段构筑而成，这位于山谷间的农地本不该存在，尽管如此，数十年来也从未有人打扰，意图收回土地，终年云雨缠绕的山谷犹如避世的桃花乡。

之后祖父和挖土机主人的女儿结婚，生下了父亲，在深山中，他们丝毫不知道外界的变化，也不曾听闻新的统治者颁布了什么样特殊的法令，只是在弥漫水雾的孤独山谷中辛勤耕作。

我可以想象得到父亲完全复制了我的成长，或可说是我复制了父亲的成长，因为两个年轻的孩子在相同的山谷里不会有其他可能，我几乎可以想象得到——父亲与我一同出生在含带浓厚水汽、微雨的清晨，远方晨曦经过，仿如轻抚过水面的光线，我与父亲都为那缥然的光点感到满腹狐疑，我们伸手去抓，却只抓到水面下缤纷的颜色。我们是被包裹在霉斑点点的襁褓里糊涂长大，当双腿足够强健时，母亲将我们放到地面上，让脚掌扎进湿软的黑土地，我们在山林间奔跑着，踢起几尺高的泥巴，替农园劳作时不忘戏弄掩藏其中的青蛙、蚱蜢。我们在雾水中泅泳，因为雾是那样地沉，导致阳光遗忘，而阳光的遗忘就是时间的遗忘，在那山谷间，我与父亲记忆中的行动总是受到阻碍的，宛如水中。

唯一的不同就是父亲与母亲的相遇。当父亲茁长到了足以单手抓握农耙，他决意离开农田，到山林间探索。

父亲曾见过祖父提着一把沉重的枪上山，当时仍年幼的他被遗留在孤寂的田中央，他感到害怕，却又产生了周围山林皆可能存在有父亲的错觉，并因而心安，父亲等待祖父的归来，随后，一声枪鸣在山中回响，那声音绵延之久，似乎成为山本身的记忆，再难以消逝。

父亲见到祖父雄伟的身体背负一只半大不小的母鹿，蹒跚地沿着山间小道回家，那把枪悬在祖父膀间，父亲盯着黑洞洞的枪口，借由凝视感受从中传递的余热。

年轻的父亲也想上山，他没有找到父亲狩猎的火绳枪，只好背着耙子迈入山径。他在山中行走，健步如飞，丝毫没有他汉人应有的疲乏。而父亲独自进山的那日雾水特别厚重，尤其在山巅之上，他就像往月球漫步般地抬腿、踩地，似乎在山间一跳就能飘然悬身。

父亲在旅途的终末见到了那特异的巨树林，他讶异于树木的高耸与姿态，父亲绕其行走，在一棵擎天牛樟的树穴中找到一名肤色黯褐的女子，她的身上满是树特有的清香，并且深深地熟睡着，手中紧握一把艳红的牛樟芝。

父亲曾告诉我，与母亲初次相遇的那天，整座山正浅浅、缓缓地移动。

缭绕山间的雾气中仿佛有巨大的古生物迈开多肢的庞然身躯，在雾中与群山共舞。

我不再害怕夜晚的父亲，尽管如此，白日时的父亲却不再愿意借我小货车了。

父亲说他也有需要货车的时候，因此，他不再借我。

我唯有镇日端坐书房桌前，就一蕊烛灯读书，试图将申请基金的表格完善。我想起最近一次向父亲借用小货车的情景，我开车往市区，银行内小隔间中的女人告诉我，这次企划书写得相当不错，但还有一些表格尚未填妥。我向她询问这些新兴的表格，她表示十二万分歉意，就连她自己也是今天才收到相关的公文，可倘若没有这些表格，企划书是无法送审的，我只好再度离开。

经过那面遭阳光曝晒的围墙时，我遇上了我的小学同学巴布。我奇怪怎么总是在这儿见到他,他却没有同我一般大惊小怪,反而热情微笑着招呼我和他的朋友们一起喝茶,我于是同他来到附近一间警察局,和他的警察朋友们一同坐在警局外的榕树下,啜饮热烫的太峰茶。

我同巴布说了近来的不顺心,并问起上次他说的山老鼠之事,巴布告诉我,我的企划无法提交到较上层的机关是理所当然的,因为最近上头为了合法盗伐牛樟木的问题正闹得沸沸扬扬。巴布向我解释林业用地更改为农业用地后,"那些人"就能够合法地将一株株老牛樟砍下运走,而这一切都是在众目睽睽下进行。

我没有问巴布"那些人"是谁,只是突然想尽快回到我与父亲的农田,渴望躲入飘荡的云雾中,从此不复出。

就是那日,我回到家中向父亲坦言申请流程并不顺利,父亲再无言语,父亲再也不愿借我小货车。

其后一年,夜晚就烛火读书,火光将灭未灭的时刻,我搓揉疲劳的眼睑,凝视书桌前窗外摇曳的薄雾中是否有父亲身影。他总于清晨工作至夜深,除了预备三餐,我俩碰面的机会愈发稀少,他不再与我谈话或者轻拍我的肩膀,那段时日,我以为父亲成为浓雾里一抹极易消逝的鬼魂。有时我无法继续苦等他的归来,遂打亮一盏灯,踏泥泞入农园寻找,我从始至终未曾找着父亲,反倒弄得一身狼狈归家,父亲早已烧好饭菜等着。

晚间我俩依旧同床入眠,父亲也几乎不语,只有入睡后,窗子关不住的香气趁夜炸裂,那时候的我,通常正在梦里与父亲跪坐缓慢推移的山巅之上，朝远方破裂的天空洞口挥舞颤抖的双臂。香气开始撩拨之刻，往往显像于梦中孔洞里的阳光，那我与父亲从来不可碰触的阳光，只愿意落在死去的那只母鹿身上，而我梦中的鹿，又随着时间更迭日益腐烂了。

梦中的父亲尖叫痛哭时，我便知道屋内的，我身边的父亲亦跟着惊叫不休。

但自从父亲不再借我小货车以后，夜里我也不再愿意抚慰父亲的恐惧。

一如在梦中的山巅时，我知道我与父亲永远无法被来自天空的阳光所接纳，我也知道，父亲认为我一无是处，我知道，父亲渐渐对于借货车让我往返市区感到不耐。

于是，夜晚成为我报复的时刻，我再也不理会父亲，甚至惊吓他，父亲的状况愈加怪异，他开始会像野兽般呼号，在床上跳动，且在呼号时扯痛嘴内已然溃烂的伤处，使呼号趋于哽咽，满口淌血。我更是感到厌倦，笃定父亲实是有意识的，只是想折磨我。有天晚上，我终于再也忍无可忍，打开门指着外头说："出去！"父亲就像一条训练有素的猎犬般冲出屋门，朗声狂吼，吼声却带着踌躇，我深知父亲嘴内的伤口一直未见好转，此刻也因而阻止了父亲的放浪。父亲向夜里的香气奔去，犹如年轻时向缓慢移动的山巅上奔近母亲。

我猜想，父亲大抵也与我做着相同的梦，往后近乎半个月，我在梦里与父亲伸向天空的手愈来愈近，而父亲不再号哭，父亲看着我，微微地笑了。

父亲夜奔后均在清晨归返，带来一身牛樟木的香气、湿润的泥巴、新绿的嫩叶，他的手掌和腿部均附有细小的割伤，整个人如婴孩般被水汽包裹，回到我身边躺卧，深深熟睡时，凹陷的眼眶不断流淌出透明水汽。有时父亲会带礼物回来，是一把肉红的牛樟芝，有时父亲当着我的面，无意识地将东西吞吃入肚，有时又将东西递给我，直勾勾地盯着我吃，希冀我成为他的同伴。

　　往后每夜如此，而白昼的父亲忽对我的无用妥协了，仿佛夜里的奔跑让他心中某一处角落得到补偿。早晨吃过早饭，他开小货车送我到市区，中午我们找到一间父亲年幼时随祖父吃过的面摊，叫了几样小菜，彼此安然无事地吃着，偶然间，我会捕捉到父亲眼中的餍足，他盯着我吃食，自身却由于嘴内的伤口已多日未进食了。

　　父亲夜惊，如山兽般伛偻身躯潜伏至门边，指掌梳抓门板，无意识地发出沉痛的呻吟，指望我，或者其他什么人能替他开门。起初我恨厌他，但如今，我感到梦中同父亲一块驾车驰骋山峦的喜悦。

　　说起来，我梦里的母鹿已成白骨。

　　而山仍成长，我与父亲依然在山巅上朝天空趋近。

　　偶然，晏起的我们在午后入牛樟木群散步，行走于擎天之林的父亲面容安详、专注。足见每夜惊呼而起，急喘着满身淋滴将成为他晚年的习惯之一。

我最后一次往市区送资料时,再度遇见了巴布,他对我说,最近山老鼠间盛传:山中有鬼。

却不知能否挽救牛樟木惨遭盗伐的悲剧,他说道,且问我信或不信。

我向他诉说母亲曾告诉过我的乡野奇谈——台风暴雨过后,麻立雾溪一夜暴涨,从直升机往下望,相距不远的海洋与麻立雾溪比起来反倒才是河川;麻立雾溪之中潜藏着庞大黑暗的影子,是潜沉于地底的,只透过麻立雾溪偶然的泛滥,不意间泄露了自己的鳞鳍,它在山中游动,既缓且慢,是人类的肉眼所不可得见;除此之外,还有长日居住于山穷之处的山地孩子吟唱的歌谣,关于浓雾中长肢的古生物,同样也以极为缓慢的步伐拔山过谷;盘绕山间的巨蟒则无处不在,一生中只愿咽下空无,于是自身也成为了空无,无人得见,除非它吞入了你的声音,那末那声音,将永远回荡在群山里。

巴布目瞪口呆听我讲述,末了,问:有如人般的妖物吗?

我想起了父亲告诉我的古老传说,我说:有单腿跨云豹、一脚踩大腹蟾蜍的美丽山鬼,居住于牛樟树穴,以露为饮、樟芝为食。传说,此女隐匿于山间河谷,芳踪难觅,她行路留下的唯一线索,是她挚爱的牛樟香气,这纯净神秘的香气,一旦被留下便七日不减,这香气,会跟随山雾与你日夜缱绻,直至某日,你成了她的夫君……除此之外,亦有春雨过后遭雨水冲刷至山脚的腐枝直立而起,趁夜并列鱼贯归山;也有仿人声的猿怪，得知山老鼠来，仿拟巡山员或其同伴的叫唤，惹得其人坠崖断腿、骂声咧咧；又或者，早年山中家庭寒碜，无力供养以致惨遭流放的幺子魂魄，甚爱萤火虫的光，透过虫光，才能惊鸿一瞥这些孩子前所未见的天真脸庞。

我的小学同学巴布，看着我说罢后，露出了心满意足的笑容，他与我拥抱，嘱咐我再来市区看他。

而我反复琢磨巴布的言辞……山中有鬼，名曰山鬼，殊不知是人是鬼，还是鬼是人呢……

某夜，我梦中的阳光失去颜色，父亲的猎枪在雨雾里无法点燃，父亲与我面面相觑，他已然老迈的面孔透露出绝望与脆弱，我们悉心守护的农田与农舍中，仿佛母亲一般的鹿尸最终和光同尘。

我睁开眼，苏醒了，而身边的父亲正夜惊，我奇怪地看着他，多日以来，我总爱幻想父亲被属于母亲的奇异香味惊醒，抓把着夜色跃入黑暗，行路间癫而狂呼，吓走一窝窝山老鼠。

但我从未真正见父亲成神成鬼，反倒是他口内的伤，以逐日恶化的方式向我彰显他为人的真身。也有可能正因父亲嘴上的伤，才导致他无法抛却人类的皮囊。

今日，我随父亲奔入夜雾。

父亲跑得极快，起先迈动双腿，迈不住了，遂俯下身四肢并用。他的面孔在透雾而来的微弱月光下充满狰狞的狂喜，父亲意欲嘶吼，他嘶吼，撕扯到口中伤处，因剧痛而呜咽，但他依然奔跑，吐着舌尖滴血跑过田野、跑过山道。在月光雨雾里奔跑的父亲四肢以不自然的样貌扭曲着，却更因此而接近母亲，现在，就连我也被母亲的香气深深浸染了。

而后，我见到一名身驮木块、面容憔悴的男子在林中鬼祟行进，他没有注意到奔跑的父亲，父亲也未注意到他，两人却如同命中注定般，两个黑点愈来愈近，最终撞击在一起。我并不担心父亲，我知道父亲的盲目中其实带有蓄意，如同他长年的疯狂夜奔里带有寻找母亲牛樟树林的理性，反观那名负木男子，他被撞击后颤抖一下，往着完全错误的方向跌入山涧。

我立刻埋入群树，竭尽全力来到这名男子跌落之处。

山涧黝黯，我看着底端，仿佛有泛着白光的躯体正抽搐，他挣扎一会，再也不动，此时此刻，我竟感觉这名男子是代替我死去了。

我想起巴布曾告诉我：这些山老鼠其实是都市的毒虫，因为没有钱，就把山中的树当成提款机。

我不禁为这山老鼠和我是如此地相像感到悲哀。

忽然，我听见山涧底部传来清晰且茫然的自白："……在施打过海洛因后，我来到这座城市，这是一座无人的城市，所以，我能够任意行走，不会被伤害，现在，我因为再也承受不住自己的体重而从其中最高的建物顶端坠落。"

我静静地倾听，最终，透过这个人将整座山林想象成都市，也就是我来时的地方，我把高耸的牛樟木想象成高楼大厦，而这座无人的城市中正轻轻吹过一阵凉爽的微风。仅仅这么一瞬间，风吹走了我家乡的雾，我似乎能从中看清某些物事，最后却又什么也看不到了。

我追随父亲的脚步来到象征母亲的牛樟木林，抬眼仰望，需四人环抱的牛樟木，暗时是黑阒蠹目，真正与山鬼山神无异。

其中那最巨硕高昂的千年牛樟正从枝叶扶疏中，以千颗星眼俯视我。我虚软无力，自觉在如此肃穆庄严的气氛中形衰如蚁。

漆黑无光的森林里，父亲追逐母亲的幻香跃上跃下，我就在这平静的，属于我与父亲、母亲三人独有的冷凉空气中靠着牛樟树干盘坐在地，丝毫不感困倦。我膝旁腐朽的枯枝倏地僵直站立，围绕出令人费解的圆圈跳起群舞，猿猴与鸱鸮的叫喊不同以往，是喜悦，是悲凉而喜悦；萤火虫翩然旋飞，黑暗微光中映照出孩子的脸。此外，就像母亲曾对我说过：山在成长，缓缓地，人类肉眼不可得见。

如今我已不再前往市区，不再对永无止境的申请流程心生希冀，我即将继承父亲的农田与农舍，我知道，某时我也将与另一名女子相爱，共同孕育雾中之子。

在最后的梦中，鹿骨消融的土地长出了我的母亲，我想起她，仅仅因为一个擦亮燧石的手势。

在我初满十三岁时，父亲、母亲曾带我到山上打猎。我们习惯潜行雾中、毫无声息，不知过了多久，父亲发现了山坳处一头静静嚼食草叶的鹿,母亲迟疑一会,取出燧石,愣忡着。我看着母亲看着那只鹿,以稚嫩的童音催促,母亲却摇了摇头,指称那是一只怀有身孕的母鹿。

那时,我与父亲睁着发亮无感的眼睛,长久不语地凝视她,那目光原本只有父亲懂得,后传承予我。幼小的我以为那目光所代表的只是饥饿。

母亲最终点燃引信。

她点燃那把属于她山父所有的猎枪,瞄准鹿,星火咬住火药之时,母亲的身躯与鹿的身躯借由瞄准的仪式产生了再也无法抹灭的联系,这种联系使我觉得,母亲就是那只鹿。

而母亲的身躯与鹿的身躯,竟也奇异地在火焰爆裂的瞬间熊熊燃烧起来,不可思议,照亮且温暖了湿冷山谷,比外头的阳光更耀眼,比梦中的阳光更绚烂,我的母亲所燃起的火焰,就那么短暂却恒久地存在了。

犹记那时,我和父亲小心仔细地把猎枪从余烬里掏弄出来,并不感到母亲离我们而去,反觉她回到了山巅处某一棵牛樟木的木心,一如最初地深深熟睡。

不,其实我们知道,母亲已经死了。

父亲将猎枪做了改造,改以喜得钉引爆火药,如此将更为安全,这却是犯法的,父亲往后未再使用猎枪。

而我则离开家乡,进入一片水泥丛林。我极尽所能推开父亲,而父亲亦以极快的速度与我远离,这完全是因为我们都在彼此眼中看见对方当时的眼神。

那致使母亲擦亮燧石的洞白目光,其中暗藏我承袭自父亲而父亲承袭自祖父……由此往上追溯无数代的贪婪本性,将永远在我与父亲的对视里留存。

三

父亲嘴内的伤一直未好,终在某一天溃烂如繁花,那夜,他气息紊急,一如以往于子时骤醒,艰难地唤我,不知为何,我俩就在梦中不知对方言语,却依然可以对答如流的状态。我问他是否又闻到了香气,他说香气还是有的,却淡了不少,嘱我明日往林间探视,我低声允诺,父亲才安心闭目。

我守着父亲一夜,直至天光蒙亮,山谷间雨雾飘摇,我跑过农园,影子在树木中扭曲颤动。远远地,见林间的牛樟木只剩满地残枝片段,轰轰运作的怪手机械如我祖父深掘山的肌脉。而一切空空如也,我呆立其中,仿佛又听见了父亲的号呼,一声一声,和着满山遍野死亡的清香。

城市、林木、母亲、父亲,所有的,已全部消失。
二〇一二年七月六日。

III

伊莎贝拉

  我在某一年进入了位于山脚的一间艺术学校，主修剧本创作，在这间学校里，我们总是到最高处的教室上课，那儿三面是窗，可以眺望远方的湖水与山峦，黄昏时云雾从山顶下潜，覆盖住整座校园。

  校园有成片的草原，如今已被鸟类攻占，白天时环颈雉与蓝腹鹇列队疾走，鸽子和乌鸦群聚屋檐，它们飞翔与骤降的姿态，显得如此无害。只在夜里，它们的眼睛散发磷光，在夜里，从窗子往外望去，黑暗中密密麻麻全是它们眼睛的亮点。

  山间的学校原本有许多蚊虫，不知何时起，我想是最后一只小黑蚊迷乱地窜进一只眼神呆滞的环颈雉嘴喙后，双翅的它们从此绝迹。

  我在最高处的教室观测这一切。

这间教室异常空旷,永远坐着一群人,为了不错过所有课程,他们包着尿布、自行携带高剂量维生素。某一个人长得相貌堂堂,但一开口就被另一个人打断,而另一个人再打断另一个人,如此周而复始创造出一种高频率的嗡嗡声。如果仔细听这些嗡嗡声,可以发现他们其实在讨论一些生命中悲伤的故事,但他们富有组织而且面无表情地说出口,我为那些真实受创的人感到歉疚与哀恸,但我还是摆出同样富有组织而且面无表情的模样。

有一名男人在讲台上说话,但我已经想不起来他从何时站在那里,又对这些人说了多久的话,他们似乎讨论了博尔赫斯、本雅明、卡夫卡和《一九八四》,随后,他们运用各种写作技巧谈论生命中旁观的悲剧,他们谈到悲剧可以如何洗涤心灵。

讲台上的男人陈述这些时,有一只黑色的鸽子栖息在窗外的冷气机上左顾右盼,使我了解假如宇宙中当真存在着某种驱力,那只鸽子是再清楚不过,假如这个正在说话的人当真有某种力量,那只鸽子是再清楚不过。余下的时间里我都在观察那只黑色鸽子,它何时飞来或者何时飞走。

它是我的老师,我将它取名为伊莎贝拉。

教室的末端陈列着手术台和两名演员,一位是奥勃良,一位是温斯顿,前者正对后者诉说关于天亮以后在何处约会之类的话。

我不得已必须记录他们之间的对话,并且留意到这两位演员从来不按照原剧本演出。

奥勃良说：我已经观察你许久，如今，我将使你成为完人。

温斯顿说：没错，被了解比被爱更好，好得多！

（两人相拥狂吻。）

名为伊莎贝拉的鸽子翩然离去，于是我抹去了原本的文字，写下一段叙述：

温斯顿从黑暗中张开了眼睛，发现自己已经远离了黑暗，他在一苍白冰冷的房间里，躺在一张熟悉的椅子上，房间充满光线，是椅子无法在地面上留下阴影的程度，理所当然，那张椅子旁边有四个仪表板，而奥勃良就站在他身旁，眼神温柔地望着他。

温斯顿想起过去被奥勃良以疼痛唤醒的日子，眼中不禁泛起了泪水，尽管他的感知被剥夺了，再也无法清楚地指出一天的黄昏与黑夜，但这似乎同时也暗示着作为人类一生在追求的永恒，他体会到了，所以这不是悲伤的泪水，而是感激的泪水。

"我说过了，我会救你。"奥勃良轻声告诉他，"我会使你成为完人。"

温斯顿望向自己萎曲干枯的手指，看着它们软弱无力不再需要束缚，他又感到这是怎样的自由，而这也是奥勃良带给他的。奥勃良那一张粗犷、严肃的脸面对他，露出隐隐的微笑，他的手爱抚温斯顿突出的肋骨，滑过每一处，那一处仿佛才长出来，所以，总归来说，温斯顿因此才真正存在。

他张口，发出婴儿般呀呀的低鸣，他的牙齿在日复一日惨无人道的折磨中全掉光了，奥勃良只得弯身将头凑近那张黑洞的嘴，倾听温斯顿疲乏的语言。

"……但是，我的这些思想也是因为党。"

"我不懂你的意思。"

"我是说，我原本也好，新话来说，我思想好，是有一天忽然而然地，因为必须证实老大哥的统治威权，必须向其他的什么人证实，我扮演了反叛的角色，我必得和裘莉亚做爱，必得害怕老鼠，必得做我不愿意做的人，我的坏思想也是因为党要我如此的缘故。"

奥勃良凝神细听温斯顿这一番说辞，而温斯顿也惶恐地盯着他手中仪表的杠杆，奥勃良的手只是微微动了些许，并没有移动杠杆。

"你的意思是，你会有这些思想是因为我们需要你扮演一个恶徒的角色，如此一来，其他人就能从你身上学到教训。"

"不，不是教训，是被改造的快乐和福祉。"

奥勃良微笑的嘴咧得更大，好像一道新割的伤口。

"你已经成为我希望你成为的人了，温斯顿。"

骤然间，缠附在他身上的束缚宛如夏天的阳光照耀在冬日的荆棘上，纷纷"啪"的一声绽裂开来，骤然间，没有阴影的房间由货真价实的户外艳阳所占有。在奥勃良的搀扶下，温斯顿感到一种重生的喜悦，因此尽管他无法自由行动，与这名拯救了自己的导师相依行走在洒满金黄的花田里，也未尝不是浩劫后的奖赏。

过了一会，温斯顿看见一只羽翅由黑渐红的曙凤蝶在自己的眼角下扑腾，它停驻于温斯顿的眼球上，使得他不敢移动那枚眼球，改用另一枚眼球观察蝴蝶的动作。

"它在做什么呢，我的老师？"温斯顿谦恭有礼地问着。

"它在撒尿呢。"奥勃良若有所思地道，并未伸手挥开那只正在温斯顿眼球上撒尿的曙凤蝶，温斯顿也因而能够清楚地看见蝶尾巴端正以一定的频率汩出透明液体，那些液体沿着温斯顿的眼角徐徐流淌下来，形成泪一般的光景。

"好啦、好啦。"奥勃良柔声地说，替温斯顿抹去了蝶类的尿液，"接下来得带你到新的工作地点，我已经替你安排好了。"

温斯顿点了点头，他并不认为自己还拥有工作的资格，甚或正常的人生，然而奥勃良就像看穿了他的思想而更加用力地握住他的手臂。

奥勃良带领温斯顿来到真理部的小说司，里头有许许多多制造小说的机器，许许多多的男女在里头维护机器的运作，让机器操纵另一些被称为"作家"的人写作。这是古怪至极的景象，小说机器是一件涂满了油的黑色机械，把"作家"的头颅用铁环箍住，钢铁长臂引领作家在稿纸上进行自动书写，而这些人脸上都显现出做梦般的神情。

"这么做是有意义的吗？"温斯顿问，"机器还得依附着人去书写。"

"你错了，是人依附着机器书写，这些'作家'都是高级党员，他们理解单单机器写出来的东西不会被世人称为文学，所以他们自愿与机器合为一体，尽管他们脑袋里什么也没在想。机器带他们写出东西，也因为这是从人的手中写出来的，才可以被叫作文学。"

温斯顿被带到了其中一台空机器上，缓缓移动自己瘦弱的身子，驯良地被安放进去，此时，温斯顿耳畔尽是机器稳定运转的隆隆声响，他第一次感觉生命落在了正确的位置，好比一颗导弹正确地落在他们敌国的阵营，于是他闭上眼，静静地睡了。

我写到这里，忽然忍不住再度往窗外望去，便看见黑色的鸽子回返，轻轻将头搁在冷气机旁的框架上。

此时，讲台上的男人仿佛有一瞬间与我视线相同，他望见了那只鸽子，我以为他也会将鸽子视为导师呢，然而，男人仅仅诉说起关于某种鸟类实验的写作材料，鸽子的粪便具有隐球菌，能够导致可怕的脑部疾病……紧接着，他们又翻开了本周的讨论主题：瓦尔特·本雅明的《启迪》。

那名男人告诉他们，看本雅明是如何写作一件日常用品，如何让这些用品散发出灵光，你们也能吗？试试吧，形容一下公车，记住，造出的句子若不能非常传神至少用典得大有来历。

于是有人说公车是城市中一块空心的冰，有人说公车就是一只机械怪物，有人说公车是逼迫人们观看风景的权力中心。

我不知道公车是什么，只知道我们都在那辆公车上，像傅科摆从 A 点荡到 B 点，再从 B 点荡回来。

透过窗子可以看见荒凉的校园，没有半个学生，仅有鸟类，有一些我知道名字，有一些我不知道，但我没有为了写作查找名字的意思，毕竟这才是事实。譬如一种黑白交杂的鸟，在地面跳得像它们自己一样轻盈，飞起来有高有低，却只在低点时鸣叫。也有一种腹部橘红的鸟，总是静静躲在树梢。清晨时黑毛黄脚的八哥三两成群蹲伏路边。还有鸽子，不是伊莎贝拉我的老师，只是普通会在屋檐上拉屎的白鸽子，它们不意味任何东西，叫声是一连串面无表情的嗡嗡细语。而自从学生们不再离开教室，草丛深处疾走的环颈雉大量繁殖，在草地留下密密麻麻的蛋，不再离开教室的学生们偶然被肚内巨大的空虚惊醒，记起他们甚久没有进食，便从窗外凝视蛋，掩面啜泣。

我得把奥勃良和温斯顿的故事写完，我想起鸽子，我们学校有数不清的鸟类，尤以鸽子为多，面前的温斯顿和奥勃良开始演绎一段爱与黑暗的故事，他们的肢体语言后现代到有如科幻的层次，我看不懂，他们自己也不懂，窗外的黑色鸽子再度飞走。

天空开始下雨。

今天的雨仍然绵密而滂沱，我会待在此处，是因为避雨的缘故，自从我们再也不离开教室，鸟类大量繁殖，各种白色的鸽子更是占据校园屋顶、窗棂等处，飞过天空的时候集体拉屎，远方的行政大楼已被肮脏的白色玷污。

我无法继续写作温斯顿和奥勃良，他们只是我聊以自慰的他人角色,讲台上的男人依旧喋喋不休,我逐渐无法忍受这滞闷的哀伤氛围。

我离开前,饰演温斯顿的演员伸手拉住了我的手肘,他的眼神哀求,一枚眼球上停有一只撒尿的曙凤蝶,使他潸潸流泪,我猜想,那或许是世界上最后一只蝶类。

他的老师奥勃良以他冷漠却无所不知的眼眸凝视我,倘若可以,我也想拥有一个这样的老师,或者说,我也想拥有一个可以为我所信任并接受伤害的老师啊!

奥勃良静静地对我说:别出去。

我明白的,教室外的校园已被鸟类占领了,还有稍一接触便会让脑部病变成为疯子的白鸽粪便。但我仍执意,于是温斯顿松开了抓住我的手。

我最终看了一眼教室内的学生们,在房间里待了如此久,他们眼中渐渐出现了做梦般的呆滞神情,看见了美妙的绮丽幻境——鸽子成片飞过之处,他们在白雨中踏着草地上彼此的影子玩闹、嬉戏,放眼望去尽是草地里密密麻麻垂直站立的蛋,蔓延至地平线,他们忙于把蛋踩碎,并在踩碎时感到古怪的乐趣,远方环颈雉仍不屈地下蛋,他们追着它们,踩过一颗又一颗蛋……

海滩涂鸦

他的眼睛静静地追随着在雪白墙面上攀爬的蚂蚁，这些蚂蚁不是向着下方凌乱的桌面行进，反而是往天花板的角落走去，每一只蚂蚁的嘴里还衔着另一只死去的蚂蚁，白色的墙壁于是渐渐密布了黑色的细点。他低头在自己散乱着书籍和卫生纸、衣服的桌面细细地凝视并思索了一会，知晓上头没有任何一点能够吸引蚂蚁，也没有任何一点能够吸引他自己的物品。在那一本又一本随手摆放的书籍下方压着一叠稿纸，出于对键盘的声音感到的恐惧，他已经许久没有使用电脑进行他习惯的书写行为，同时他也不能看见文字在苍白如墙面的色块上慢慢闪现，假如没有稿纸他是一个字也不能写的。

在来到这所学校前，他从来没有接受过任何和文学有关的训练，同时也从未写过任何一篇严格意义上的作品，但是他得到了入学的许可,而他对于文字既没有特别的认识也没有特别的喜好。来到这样的一间新学校读文学竟也使他的父母毫无挂碍地接受了,而他打从进入学校以来,就不曾为了毕业的打算真正写作过一篇作品。他看着摆放在桌面的稿纸和杂物,默默地将其中一张稿纸抽取出来折成了四分之一的大小放入口袋,安静地走出了房门,他对于这个正在逐渐转变气候的城市也正逐渐带上某种清冷的氛围,感到一种舒适的战栗。

直到走出住处时,他都在构思新的作品应该用怎样的人称去写作,但同时他也不是真的在意。到这所学校就读以前他曾经和过去一位要好的学长谈话,那位学长是当时学校电影社里的社长,他还记得自己和那位学长一起到MTV看电影时他说的话:"像你这样对文字如此虔诚的人,不应该继续待在这间学校里。"

当时他无法反驳这句从根本上而言便错误了的话,并且对这位从来敬慕的学长产生了愤恨。他和学长一起经营电影社时把每一部电影的字幕看了一遍又一遍,但是对他来说影像才一直都是真正令他有所感触的。此时学长既没有告诉他应该要留下来继续协助电影社的运作,也没有告诉他文字和文学之间其实存在着本质上的不同,这使得他即便到了现在也无法释怀。

他拿出了口袋里的稿纸,对着不远处一片闪耀着翠绿光泽的草地走去,草地上的草叶沾满了清晨的露水,每一颗露水里都有一丝微弱的尘埃。他走近以后才发现草地被点缀了许许多多暗褐色的枯叶,在那些枯叶里有一只硕大的蓝腹鹇正歪着头静静地看他。蓝腹鹇不知为何夹杂着些许白毛的腹部急速地抽搐，试图从他的身边尽可能地远离，他没有追逐逃离的蓝腹鹇，只是撕碎了稿纸逗引它吞食。当蓝腹鹇咬啮坚硬的嘴壳，那颤动的模样使他想起了自己的母亲，骤然下降的气温使他拉紧了不久前刚从家里寄上来的立领外套，他看着那只神似母亲的蓝腹鹇一口一口吞吃着他空无一物的稿纸，不明所以地体味到淡然的解脱。

他走向自己停在停车棚里的机车，机车的挡风板已经被昨夜下下来的雨滴给打湿了，他脱下自己的外套将挡风板擦干，拿出钥匙发动了机车的引擎。机车慢慢滑出停车棚，在清晨的微雾里车灯投射出虚幻的黄色光芒并且缓速地驰于清晨无人的街衢，冷冽的寒风拍打他不受安全帽保护的头颅，又仿佛轻轻推动车子让他往学校外部的方向驶去。由于学校位在相当靠近海岸的地方，他骑了几分钟后就到达了最近的海滩。

清晨的海滩上一个人也没有，他把机车停在附近的行道树下，脱掉鞋子走上沙滩，海边的风比学校里遭建物阻挡的风冷冽许多，他只好又拉起大衣的领子漫步在无人的沙滩，他听着海浪的声响同时默数自己心跳的节奏，他的脚掌在海滩上留下深浅不一的痕迹。当他走到潮湿的沙地时海水已经可以冲刷他赤裸的足踝，海水退去时他忽然想到了一段相当有意义的话，于是他摸索着身上试图找到曾经从住处带出来的稿纸，但他想起自己唯一的稿纸已经被蓝腹鹇尖锐的鸟喙啄食殆尽，他只能够用脚趾在海水暂退的潮湿沙滩上写下那一段话，尽管这段话立刻就会被紧随而来的海水抹去其存有了。

　　这时他又想起自己早先在墙面上看到的蚂蚁，陡然间意识到那些蚂蚁是自愿默默走出他的稿纸，同时也带走那些无法移动的友伴。

独角兽、野狼、猎鹿人

小镇如昔。

期待它不因时光而改变。麦可的眼睛在车窗上被倒映出来,他的眼睛,和上战场前肯定不会一样了。(是吧?麦可在心中问道,然后听见尼克、史提喃喃同意。)

期待它不因时光而改变,成为另一种永恒,回家,永恒的家。

这个家不必是天堂,没有哪种天堂可以承受如此多伤痛的,没有。

或许死的应该要是我,麦可想。这次无人回应。

他敲敲门,希望琳达可以亲自开门,手指滑过照片上的她的脸和真实抚摸她的脸感觉一定不一样。

但真的拥抱过她以后,麦可感觉一样。

他们生长在一个超乎现实的世界，就像尼克说的：疯了。到越南前的打猎之旅？疯了。裸身在黑夜里奔跑？疯了。但你知道什么是最疯的吗？是这个小镇，被一种奇怪的工厂设定和男人女人的角色扮演逼得疯透了。

麦可拥抱琳达，感到纸片般的消瘦而且乏味，但这是一个设定：一个疯掉的世界里的一个小镇，那儿的男人总要上战场工作，几年下来见识了血腥与凶残，觉得自己无比肮脏、破碎，无论身心。失去价值以后回到小镇上，他们寻找妓女或者昔日的爱人，拥抱她们，被小镇的不变和庸俗日常温暖。浸泡其中的女人们往往显示出一种他们再也找不回的纯洁与天真，和软弱一类的词汇绑在一起，是男人们幼时曾经穿戴过，但现在已经被扔弃在世界的另一个角落的东西。所以，这疯狂的设定让女人们变成了战士们回家以后的安慰剂，麦可也切实地感到需要，需要这单纯好哭的心灵而他们将分担相同的悲伤。

第二次见面麦可才和琳达做爱，两人在床上抱紧彼此，他温柔地进入，那具躯体，却像是玷污了它，仿佛它原本是无伤的，如今却因为自己而泌出血来。

麦可离开了。

因为即便是在近到不能更近的距离下，他依然感觉疏离。

同时从战场上带来的污秽将更深地感染她。

同时男人们从战场上带来的污秽将更深地感染她。

同时男人们从战场上带来的污秽将更深地感染她们，每一个。

疯狂的设定，哼？

……

…………

诚实地说，长久以来我最害怕的就是小说的开头。

此时我正坐在宿舍房间里的电脑前，准备迎接明天的日出，同时新学期即将变得陈旧了，我想起独角兽曾经在火车上感叹：这学期过得好快。而我回答：你会觉得快是因为已经过去了。

我和独角兽都是大一新生，因为向往剧本创作来到这间位于中央山脉边缘的艺术学校。初到学校口试时，我被阴郁的树木颜色和清晨必起的雾深深吸引，后来听学长姐说学生宿舍真的发生过自杀事件，我不禁感觉这是一个为我预备的伏笔，仿佛有我寻求的答案藏在山谷之中，虽然我不知道问题本身是什么。

得知录取以后我就从城市搬迁到学校位于山脚的学生宿舍，从此几乎一个月才搭火车回家一趟，每次都得耗费四五个钟头。而且频率还逐渐减少，我想是我有心要将自己从动物群里孤立起来。

其实我知道真正的原因：我就是无法从这个电影场景般的深山里离开。

后来仔细回想，和独角兽熟识也是由于我们都期盼在弥漫晨雾的森林中畅快奔跑吧。

新学期第一堂电影赏析课，我早到了，但有人比我更早，它，缩在角落用自己的笔记型电脑看一部我也很喜欢的电影：《猎鹿人》。银色的蹄子懒懒地敲打键盘，金色的角在微光中闪闪发亮，我不禁想：啊，好美啊。便从寒冷的室外走入阴暗的室内，默默坐到它旁边一起观看那部电影。这是我和独角兽的初次相遇。

和独角兽不同，我是一只狼，这从课堂上我俩极端不同的反应可以得出结论。独角兽擅长在众人面前展现自己，甩动它彩色的鬃毛、锋芒璀璨的独角，它伸出前蹄指向PPT上的一段文字时稍稍垫起了后蹄，雪白的耳朵因为兴奋或紧张红通通的，但它嘴里吐露的还是糖果般的语句，偶尔还有星星和月亮跌落。因为和独角兽相遇，我发现自己心中也有一只独角兽，我多么希望自己不是一只狼。

那天我们一起看《猎鹿人》，来到最惊险刺激的一段，就是猎鹿人上战场前在阿格尼山上最后一次打猎，我和独角兽理所当然把自己带入了鹿的角色，近乎惊恐地希望猎鹿人的唯一一发子弹不要击中。然而这部电影我们都看过不下十次了，我们都知道猎鹿人在这次打猎里会击中鹿，以至于鹿的尸体赤裸裸地呈现于画面时，我仍忍不住失声惊呼。独角兽对我笑了笑，带着鼻音的异国腔调软软地唤我小狼……小狼，反正接下来的剧情太深奥了我们看不懂，直接快转吧！我说好，的确这部电影只有开头和结尾我喜欢，中间的故事简直莫名其妙。我们跳到最后从战场上回到家乡的猎鹿人又来阿格尼山打猎，这次他瞄准了鹿，两方寂静对峙，后来一声枪响，猎鹿人失败了，鹿平静地看了猎鹿人一眼，轻悄地离开。

我对独角兽说这是我最喜欢的电影，恐怕也是全世界最棒的电影了，因为鹿在一发子弹的对峙中胜出，成就美妙的Happy Ending，若不是《猎鹿人》，我大概不会来念艺术学校。独角兽同意我的说法，并且约我下课后一起吃晚餐。

后来我们经常一起吃晚餐，独角兽习惯饭后在停车场哈一根烟，看独角兽抽烟是一件稀奇的事，好像它能把所有行为在自己身上美化一番，让吐出的烟如同学校清晨的雨雾，或宇宙中的星尘。

我们在十二月凛冽的北风中瑟瑟发抖，借着一星半点的火光取暖，独角兽看着天上的星座开始谈起了生命哲理，譬如它是一只完完全全的独角兽这点，它其实一直没有办法接受。我说我可以明白，世界上有某种律法，它被执行的肯定性就像子弹必定会从枪口发射，我们都被严实瞄准，并且不确定对方是否遵守约定只开一枪。

独角兽却说它不讨厌当独角兽，只是作为一只独角兽，它恋爱的对象就不能是一只独角兽，也许应该要是一只天马或普通的马什么的……驴子都比较好，否则会有近亲繁衍的种种遗传问题。我赶紧表示我喜欢看独角兽和独角兽在一起，因为我也是一只奇怪的狼，在我们的族群中，狼也不能和狼在一起，这我可以接受，我不想和狼在一起，我喜欢狗，但我不想用狼的身体去喜欢狗，我想用狗的身体去喜欢狗。好惨，我生来就是一只狼，永远也不能改变。独角兽忽然长叹口气：真希望有个像阿格尼山的地方可以让我们自由自在地奔跑。

我回答：没错，我也希望。

后来，我们开始交换自己的作品给对方看，我知道它喜欢《猎鹿人》的故事，同时为了呼应它"独角兽和独角兽恋爱"的言论，我把猎鹿人故事做了一些改写，重编成猎鹿人互相依偎取慰的短篇小说，我把它叫作《小镇如昔》，从猎鹿人麦可回到家乡以后开始写起。

独角兽看完第一部分时告诉我，它很讶异我能够把电影人物写成一篇新的故事，虽然看到文字版的麦可和琳达做爱让它有些伤痛，但转念一想这就和看探索频道差不多，甚至还有马赛克，它释怀了，希望我可以快点把第二部分写完。

我把第二部分写完：

……

…………

"嘿，麦可。"

"嘿，史提，你看起来不错……"麦可咽下那句话的尾巴，他一直控制自己不要往下看，但史提就坐在轮椅上，他没有双腿。

这不是他们的第一次会面，那次电话对谈以后麦可几乎天天都来探望他，每一次都说他看起来不错。

史提用尼克寄来的钱换到了单人的病房，这样他们就能好好谈话，有时候麦可不回家，宁愿坐在椅子上趴睡到天亮。

也许这不是一个好主意，麦可知道自己完好的双腿对史提来说是一种残缺，但他们是那么多年的老友了。在战争中甚至变成一体的，兄弟……现在"他们"当中还少了一个，这让小镇的安适变得难以忍受。

"史提，你知道尼克从哪里寄来这些钱吗？"

"是有地址，但每次都在变。"

"我们得找到他。"麦可自语。

"找到他，麦克，求你了。"

记得俄罗斯轮盘吗？麦可倏地想问他，记得那所代表的意义吗？倘若非得继续在日常的庸俗里活下去，不如当场死在那儿。记得那时候以为逃走就能回家，但真正的家已经没有了，我们已经离开太远，再也无法被接纳。

夜深的月光惨白明亮，床单是泛白的灰色，史提的皮肤是泛白的灰色，他穿着短裤，瘦削的脸庞嵌入一对睁大的眼睛，泛白的灰色。

麦可低下头抚摸他，嗅闻他的头发，他的短裤中央渐渐地隆起了，这不是什么新鲜事，许多次大难不死他们都会被肾上腺素搅得激动不安，他们需要给彼此一次迅速短却的手淫，把恐惧排泄掉。

史提在床上瞠目挣扎着，残肢随着麦可的手部动作来回摆晃，最后无用地抽搐颤抖，断肢的切面踢向麦可掌心，那似乎令他感到有些不堪忍受的痛，虽然他使用的力道如此之轻。

"嘘……"麦可吻吻他的额头，"我会找到他的。"哄着他，将他带向高潮。

史提眨着眼，他的头发汗湿并且散发奇异的光芒，麦可再度嘘声安慰他，轻手轻脚爬到床上去，像抱住琳达一样抱住他。麦可惊讶地发现这种拥抱比之前的任何拥抱都更真实，拥抱史提就像拥抱战争中的尸体，他一下子闻到了血腥味与火药、烟硝，还有水牢里湿润的腐臭，他们轮流拿过手枪，检查弹巢，塞入两颗子弹，朝太阳穴开枪。

"嘘，"麦可吞咽着，小心翼翼地，"嘘，我想……"

他们从没这样做过，然而麦可知道这就是他们双方都需要的，也是他在那些被留下来的纯真、女性、小镇……永恒不变的"家"中绝对得不到的。他的朋友，史提，如今是他的兄弟，他身上的一块肉，现在顺服地张开残肢，迎进了麦可沾满精液的手指，他们缓慢地做爱，几近无欲，摩擦却舒服，一直到麦可勃起的阴茎终于再度软下来，他没有射精，只是软下来，他们维持相连的姿势抱紧彼此。

"去找他，麦可。"

这么多日子，梦已经是再也不必期待的东西，当史提睡意蒙眬，满是鼻音地催促，麦可还是无法克制期待。

"我会的。"

……

…………

学期中的时候，独角兽把它住处的钥匙给我。

它养了两只猫，怕独居的自己有一天出门时横死街头，需要足以信赖的对象破门而入拯救猫咪。

我收下它的钥匙，问它你就这么把钥匙给我好吗？如果我是坏人怎么办？独角兽说可是你不是啊，这学期我该看的人都看过了，你不是那种人，还有，你的改编作品写完最后一部分了吗？我不知道该怎么回应，虽然独角兽总是说它喜欢我写的东西，但那些文章只是侧写其他电影或漫画里的人物，没一个角色真正属于我。反观独角兽，它的文字作品或许不算很多，但我第一天遇到它就被它美丽的模样吸引，还有它说话的腔调，就像它是天堂来的外国人。

我终于问它你有没有听过我讲其他的故事？没有？那我这次不讲和电影有关的好吗？

结果我用嘴吻写的是一篇发生在火车上的小说。

"我每个月都会搭火车返家，这你是知道的，大概在上星期吧，我准备回学校时在车上遇到一位老猫头鹰太太，几乎掉光了牙齿，说话模糊不清，听起来依稀是闽南语，我跟她说话她都听不懂，可是我闽南语也很烂，她又一直要跟我说话。幸好，后来我还是听懂她说'吉野'两个字，那是一个旧车站的名字，我就告诉她，吉野车站现在已经没有了，只有'吉安'车站，她用气音说'吉野'的时候，活脱脱就像从日据时代走出来的。她坚持说自己要去吉野，眼看即将到站，我实在很担心她会坐过头，就拉她起来跟她说我有机车，也有两顶安全帽，可以载她到吉安，我猜她应该就是要去吉安吧。她看着我不断鞠躬微笑，像个上紧了发条作用于此的玩具，我觉得她八成不知道我在说什么，可是我还是成功把她劝下火车，带到停车场给她安全帽。我们坐的是第一班火车，到的时候天空刚蒙蒙亮，用力深呼吸还会被一种只属于清晨的干燥空气拧紧肺泡，像是带刺的，我载着她飞驰在产业道路上。很冷，我感觉她开始发抖，第一次停下来问她要不要穿我的外套，可是她听不懂，只一个劲地摇头。我又载她奋力骑了几千米，彼时东海岸已经承满了金黄，也温暖多了，但她还在发抖，而且发出意义不明的尖叫。我第二次停下来，发现老猫头鹰太太非常害怕，在这陌生而美丽的无人道路上倚着我的车像只幼雏般痛哭，我不知道她为什么哭，但我耐心地告诉她就快到了，再忍一下，然后不要乱动也不要再叫了。我第三次发动机车，她啜泣地上了车，我们行驶过灿亮的白线滑进山区的村镇，我知道吉安就在那里，这时，老猫头鹰太太又开始挣扎起来，我们于是停了下来，她伸出颤抖无力的手试图殴打我，我告诉她不要这样，也不知道她为什么这样。当她的情绪再度平稳下来时我们最后一次上路，这是最后一次了，因为她又尖叫起来的时候我把车停下来，觉得她应该是希望我这么做的，虽然我听不懂她的话，但我把她弄死了，扔在清晨无人的平交道上。"

独角兽听完了我的故事以后，很疑惑地问为什么故事中的"我"要把老猫头鹰太太杀死。我说我也不晓得，大概就像契诃夫的《海鸥》,我只是偶然经过,因为没什么事可做,就把她给杀掉了。

这说不通,独角兽反复咀嚼,表示自己还是比较喜欢我侧写电影或漫画人物的故事。

过了几天,学校开始放连假,独角兽也离开山林到都市去,留下我一个人,我一直渴望偷偷到独角兽的住处看看,没有什么原因,只是想进到它的房间里感受一下独角兽存在的气氛。我犹豫了两天,连假都快结束了,忽然接到独角兽的电话说想请我帮忙到它家看看猫咪,检查它们是否还有足够的饲料和饮水,我立刻答应,而且挂了电话就去。起初我找不到独角兽的门牌,只好拿钥匙一扇门一扇门尝试,觉得自己就像只准备干坏事的獾,不过刚好有合适的借口罢了。最后我终于找到匹配的锁孔,打开了独角兽的门,我看见它的两只猫戒慎警觉地在高处凝望我,而我不知为何失却了所有力气,疲惫地瘫坐在独角兽家的地板上。

我感到非常满足,仿佛自己就徘徊在独角兽的灵魂深处,我终于可以告诉它我的心里没有狗,我也不想成为一只狗,我是一只狼,却不想成为狼。我疯狂迷恋《猎鹿人》的故事,因为我可以幻想自己是猎鹿人,以笔直的枪管瞄准独角兽或者其他任何我感兴趣的动物。我想象自己就蜷伏在壕沟里,外面的其他世界没有意义,我听见猎鹿人们越过我,奔向远方我不能理解的东西,那东西的颜色有些是我的眼睛所不得见;那东西始终不会远去,而且举目皆是,而且假如我也奔向那东西,我便得到了开枪的合理权力。

　　星期一是连假的最后一天,我坐火车到北部市区找资料,赶搭星期二第一班的火车回学校,途中遇见同样也要回学校宿舍的独角兽。我们坐在一起谈论即将到来的长假,还有四年级的专题研究,我们谁都没有提到创作或是物种的问题。我对它说我把机车停在吉安车站,问要不要搭便车,我刚好有两顶安全帽,它说好。它跟着我下车到停车场,我载着它,在寒风飒飒的清晨里驰过笔直的产业道路,树一排排数过,似乎因为晨雾的关系叶子才真正变成了绿色。很冷,独角兽开始颤抖,我问它需不需要我的外套,它说不用,海湾像一个下沉的人呼出白色的气泡,水面有光掷入云层。温暖多了,我在路边停下,问独角兽要不要抽烟,它皱着眉,默不作声抽完一根烟。我又载它骑了一会,本来没打算要停下来,但我们经过通往吉安的平交道时独角兽发出了尖叫,我停下车,问它为什么要叫,独角兽仿佛根本没料到我会停车,它静静地看我,在清晨无人的路上静静地看我。
　　一根新的烟在它前蹄即将燃尽,使我想起它在火车上说这个学期即将燃尽,我的故事也即将燃尽。
　　沉默燃尽了。
　　我终于从悲伤的结局苏醒过来,平交道铁路的枕木上,有一只鸟类,死在那里。

"如果我可以活得像你那样,我才不想写任何东西。"我说。

独角兽笑了,烟灰抖落在它蹄尖,雪白的体毛被烟色熏黄,大概是它全身上下唯一不完美的地方。

我载它回学校,并且把猎鹿人文章的最后一段拿给它看。

……

…………

于是做了一个梦,他们三人在阿格尼山上追逐野鹿。

"只有一发?"尼克低笑地问。肩膀与另外两人紧靠一起。

"对,只有一发。"麦可轻声说。而史提为之屏息。

他朝一处形状诡谲的树影开枪,他确信已瞄准了那只鹿。

在山的山的山深处,独角兽和野狼遍野奔跑。

他们不会知道。

附录

更能深入人群的写作方式

第二十七届"联合文学小说新人奖"得主专访

Q:《山鬼》是一个在台东的故事,并以少数民族为题材。如此选择的原因是否与你成长于台东的生活经历有关?

A:从一开始主角在多良车站下车就暗示了地点,也为整篇作品定调。至于会写作这篇文章,的确和我的生活经验有关,我在太麻里长大,亲戚大多从事农业种植,小学时代最要好的朋友也都是少数民族,不过以少数民族为题材这点,我自己不是很确定。文中主角的母亲是少数民族,但我相信没人可以说出她是哪一族,我自己也没有做设定,我想做出一种原型,是可以含括所有少数民族特征的少数民族角色,这是我自己创造的族群,是一群生长在雾中的奇异人们。

Q：故事中的贪婪似乎有两个层次：人性的贪婪与社经结构促成的贪婪。对你而言，这两种贪婪之间是否存在任何辩证关系？

A："贪婪"这个词将很多东西缩小了，与其说是贪婪，我觉得应该是人类在无可奈何下做出的种种反射行为，贪婪是想取得自身没有的东西。但无论是吸毒的山老鼠还是文中父子，他们想要的只是保有目前的生存方式，其背后遭受一股莫之能御的力量驱使，做出各种合乎或者不合乎道德的事情，而那股力量无法被看见，是从历史中层层堆叠过来的，这种东西如此巨大，不能单以贪婪命名。

Q：女性于故事中的地位似乎主要与土地（自然）相连，男性则倾向不停毁灭自然。这是否基于某种现实观察所造就的刻意安排？

A：我一开始大概不是这样想……应该只是很单纯将女性柔性的神秘与自然联结，我自己作为读者会很喜欢这样的女神形象，不过回到现实层面，就我在家乡的观察，确实是女性务农、采集的部分较多；从长辈听来的故事，那些开挖土机填出一块私有地的也是男性。这和台湾历史文化有很大关联，我只是照着写出来，没有刻意安排。值得一提的是：文中主角的祖先来到东部山区以后选择和一位挖土机所有者的女儿结婚，这部分就完全是刻意。

Q：少数民族生活文化受平地入侵似乎为此故事的母题之一，然而，结尾是否代表你对此现象的进展抱持悲观心态？

A：我没有想过自己写到这个母题，其实不管是山地人或平地人都一样，我想表达的是树林被"人类"破坏、侵占，于是树林本身诞生了新的"少数民族"，可能是睡在牛樟树穴里的女人，也可能是在雾中世代务农的男子。少数民族文化从很早以前就被入侵，当第一批开垦者进入台湾，就已经被入侵了，但"入侵"这个词不留余地将他们摆在被迫害的位置，我认为这个切入角度并不正确，从现时代来看，少数民族文化势必会和平地人有所接触与融合，而这种与时俱进的结合是双向的，不是单方面侵略。

Q：对你而言，小说是什么？

A：我一直写来写去，已经不知道小说是什么，我比较喜欢说那是"故事"而非"小说"，小说好像总会有一个特定的形体，但如果我是在写故事，我就不用管什么形体。不过单从文类来看，我会觉得小说是一种比其他文类更能深入人群的写作方式，它具有某种通俗性，我也希望自己将来能够写得更通俗、更有趣，不要再弄一堆雾出来，还有很多别人看不懂的梦境段落。

原文刊载于《联合文学》杂志第三四九期
二〇一三年十一月

图书在版编目（CIP）数据

怪物之乡 / 邱常婷著. -- 北京：九州出版社，2025.2. -- ISBN 978-7-5225-3614-9

Ⅰ.Ⅰ247.7

中国国家版本馆CIP数据核字第2025AG1284号

著作权合同登记号　图字：01-2022-4066
怪物之乡© 2016 邱常婷
本中文简体字版由联合文学出版社股份有限公司授权在中国大陆独家出版

怪物之乡

作　　者	邱常婷 著
责任编辑	周　春
出版发行	九州出版社
地　　址	北京市西城区阜外大街甲35号（100037）
发行电话	（010）68992190/3/5/6
网　　址	www.jiuzhoupress.com
印　　刷	天津中印联印务有限公司
开　　本	880毫米×1092毫米　　32开
印　　张	7.5
字　　数	149千字
版　　次	2025年2月第1版
印　　次	2025年4月第1次印刷
书　　号	ISBN 978-7-5225-3614-9
定　　价	48.00元

★ 版权所有　侵权必究 ★